A terceira mentira

A TERCEIRA MENTIRA

ÁGOTA KRISTÓF

Tradução de Diego Grando

A autora agradece à fundação Pro Helvetia pelo apoio concedido para a escrita deste livro.

PRIMEIRA PARTE

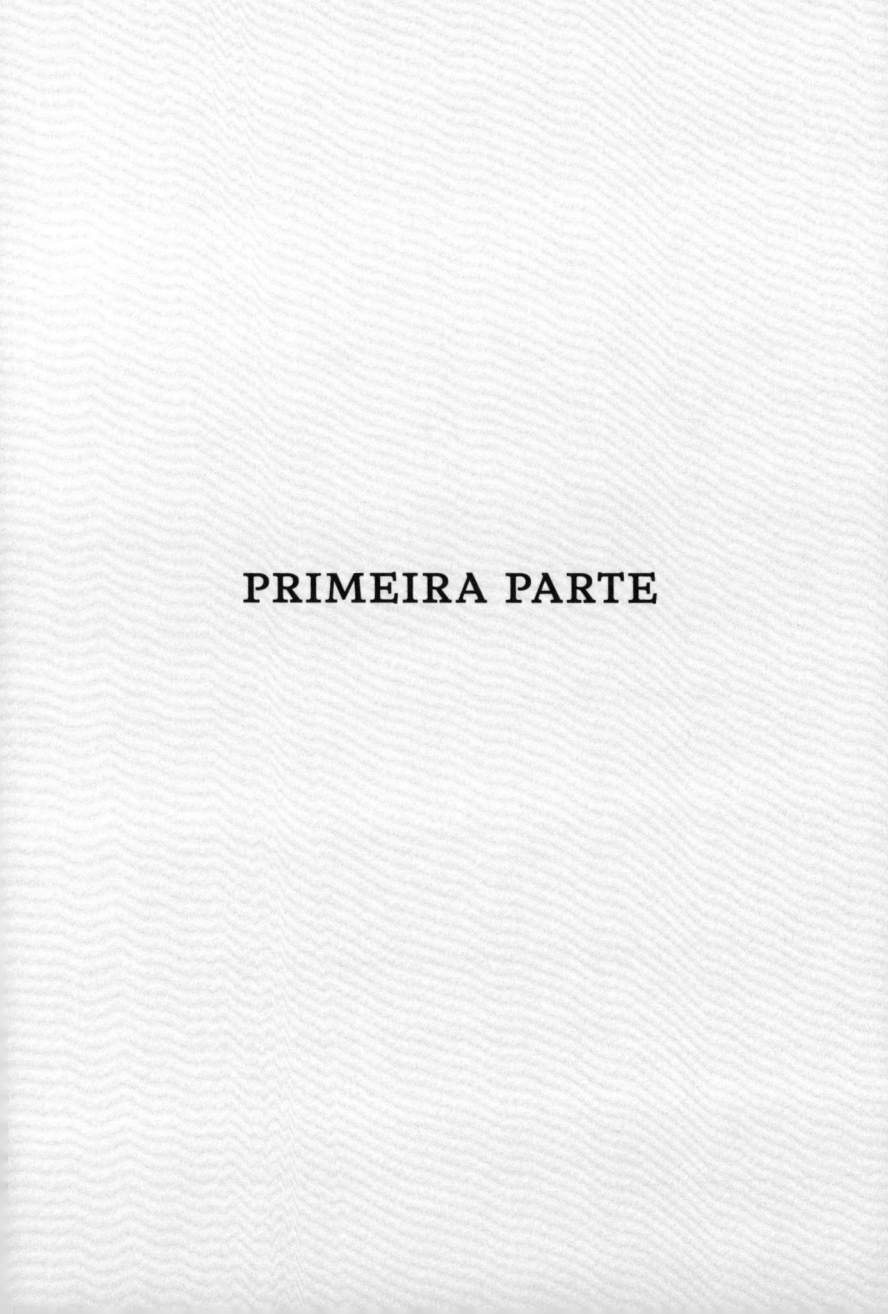

Estou na cadeia da pequena cidade da minha infância.

Não é uma cadeia de verdade, e sim uma cela no prédio da polícia local, um prédio que não passa de uma casa igual às outras da cidade, uma casa de dois pisos.

Minha cela deve ter sido uma lavanderia antigamente; a porta e a janela dão para o pátio interno. As barras da janela foram instaladas por dentro, para que seja impossível alcançar o vidro e quebrá-lo. Num dos cantos há um vaso sanitário encoberto por uma cortina. Junto a uma das paredes estão uma mesa e quatro cadeiras parafusadas no chão e, na parede oposta, quatro camas retráteis. Três dessas camas estão fechadas.

Estou sozinho na minha cela. Há pouquíssimos criminosos nesta cidade e, quando há um, ele é imediatamente transferido para a cidade vizinha, a capital da região, a vinte quilômetros daqui.

Não sou um criminoso. Se estou aqui é só porque meus documentos não estão em dia, meu visto está vencido. E também por causa de umas dívidas que fiz.

De manhã meu carcereiro me traz o café da manhã: leite, café, pão. Eu bebo um pouco de café e vou tomar banho. Meu carcereiro acaba com o que sobra e limpa minha cela. A porta fica aberta, eu posso sair para o pátio se quiser. É um pátio cercado por muros altos cobertos de heras e videiras silvestres. Atrás de um desses muros, saindo da cela para a esquerda, tem o parquinho coberto de uma escola. Consigo ouvir as crianças rindo, brincando e gritando durante o recreio. A escola já ficava ali quando eu era criança, eu lembro, embora nunca tenha entrado nela, mas a cadeia ficava em outro lugar naquela época, eu também lembro porque fui até lá uma vez.

Durante uma hora pela manhã e uma hora à noite eu ando pelo pátio. É um hábito que adquiri durante a infância, quando aos cinco anos precisei reaprender a andar.

Isso irrita meu carcereiro, porque nesses momentos eu não falo nada e não ouço nenhuma das perguntas dele.

Com os olhos fixos no chão, as mãos atrás das costas, eu fico andando, dou voltas e voltas contornando o muro. O chão é pavimentado, mas nas frestas entre as pedras brotam algumas ervinhas.

O pátio é quase quadrado. Quinze passos de comprimento, treze de largura. Supondo que meu passo tenha um metro, a área do pátio seria de cento e noventa e cinco metros quadrados. Mas meus passos provavelmente são mais curtos.

No meio do pátio há uma mesa redonda com duas cadeiras de jardim e, junto à parede do fundo, um banco de madeira.

É quando estou sentado nesse banco que consigo ver a maior parte do céu da minha infância.

Já no primeiro dia a livreira veio me visitar trazendo meus pertences e uma sopa de legumes. Ela continua vindo todos os dias por volta do meio-dia com a sopa. Eu digo a ela que sou bem alimentado aqui, o carcereiro me traz do restaurante que tem aqui em frente uma refeição completa duas vezes por dia, mas ela continua vindo com a sopa. Eu como um pouco por educação, depois passo a panelinha para o meu carcereiro, que come o resto.

Peço desculpas à livreira pela bagunça que deixei no apartamento dela.

Ela me diz:

— Que importância isso tem? Nós já limpamos tudo, a minha filha e eu. O que mais tinha era papel. Eu queimei as folhas amassadas e as que estavam na lixeira. As outras eu deixei em cima da mesa, mas a polícia veio e levou tudo.

Fico um momento em silêncio, depois digo:

— Eu ainda estou devendo dois meses de aluguel.

Ela ri:

— Eu estava cobrando caro demais por um apartamentinho pequeno. Mas, se o senhor insiste, pode me reembolsar quando voltar. No ano que vem talvez.

Eu digo:

— Não creio que eu vá voltar. É a minha embaixada que vai reembolsá-la.

Ela me pergunta se estou precisando de alguma coisa, eu digo:

— Sim, papel e lápis. Mas não tenho mais nenhum dinheiro.

Ela diz:

— Eu podia ter trazido.
No dia seguinte ela volta com a sopa, um pacote de folhas quadriculadas e alguns lápis.
Eu digo a ela:
— Obrigado. A embaixada vai reembolsar tudo isso.
Ela diz:
— O senhor fica o tempo todo falando de reembolso. Podia falar de alguma outra coisa. Por exemplo, o que o senhor escreve?
— O que eu escrevo não tem nenhuma importância.
Ela insiste:
— O que eu queria é saber se o senhor escreve coisas verdadeiras ou coisas inventadas.
Eu respondo para ela que tento escrever histórias verdadeiras, mas a certa altura a história se torna insuportável por sua própria verdade, então sou obrigado a mudá-la. Digo a ela que estou tentando contar a minha história, mas que não consigo, não tenho coragem, ela me machuca demais. Então eu começo a embelezar tudo e a descrever as coisas não como elas aconteceram, mas como eu gostaria que tivessem acontecido.
Ela diz:
— Sim. Tem vidas que são mais tristes do que o mais triste dos livros.
Eu digo:
— É isso. Um livro, por mais triste que ele seja, não pode ser tão triste quanto uma vida.
Após um silêncio, ela pergunta:
— Essa sua claudicação foi um acidente?
— Não, uma doença na minha primeira infância.

Ela acrescenta:
— Quase não dá para perceber.
Eu sorrio.

TENHO DE NOVO COM QUE ESCREVER, mas não tenho nada para beber nem cigarros, a não ser dois ou três que meu carcereiro me oferece após as refeições. Solicito uma entrevista com o oficial de polícia, que me recebe imediatamente. O escritório dele fica no andar de cima. Eu subo. Sento numa cadeira diante dele. Ele tem cabelo ruivo e o rosto coberto de sardas. Sobre a mesa, à sua frente, há uma partida de xadrez em andamento. O oficial olha o jogo, avança um peão, anota o movimento numa caderneta, ergue seus olhos azul-claros.
— O que o senhor deseja? A investigação ainda não terminou. Vai levar várias semanas, talvez um mês.
Eu digo:
— Não tenho pressa. Eu estou muito bem aqui. Exceto por umas coisinhas que estão me faltando.
— Por exemplo?
— Se o senhor pudesse adicionar aos meus custos de detenção um litro de vinho e dois maços de cigarro por dia, a embaixada não faria nenhuma objeção.
Ele diz:
— Não. Mas seria ruim para a sua saúde.
Eu digo:
— O senhor sabe o que pode acontecer com um alcoólatra quando ele é privado de beber de uma hora para a outra?

Ele diz:
— Não. E estou pouco me lixando.
Eu digo:
— Eu corro o risco de um delirium tremens. Posso morrer de uma hora para outra.
— Não me diga.
Ele baixa os olhos para o jogo. Eu digo:
— O cavalo preto.
Ele continua com o olhar fixo no jogo.
— Por quê? Não estou visualizando.
Eu avanço o cavalo. Ele anota na caderneta.
Fica um bom tempo pensando. Ele come a torre.
— Não!
Ele recoloca a torre no lugar, olha para mim.
— O senhor joga bem?
— Não sei. Faz um bocado de tempo que não jogo. De todo modo sou melhor que o senhor.
Ele fica mais vermelho que suas sardas.
— Eu comecei faz só três meses. E sem ninguém para me ensinar. O senhor me daria umas aulas?
Eu digo:
— Com prazer. Mas não pode ficar chateado se eu ganhar.
Ele diz:
— Ganhar não me interessa. O que eu quero é aprender.
Eu me ergo.
— Venha com o seu tabuleiro quando quiser. De preferência pela manhã. Nesse horário a cabeça está mais desperta do que à tarde ou à noite.
Ele diz:

— Obrigado.
Ele baixa os olhos para o jogo, eu espero, tusso.
— E sobre o vinho e os cigarros?
Ele diz:
— Sem problema. Vou dar as ordens. O senhor vai ter os seus cigarros e o seu vinho.

Saio do escritório do oficial. Desço, fico no pátio. Vou sentar no banco. O outono está bastante ameno este ano. O sol se põe, o céu vai ganhando várias cores, laranja, amarelo, roxo, vermelho e outras cores para as quais não existem palavras.

Jogo xadrez com o oficial quase todos os dias por mais ou menos duas horas. As partidas são longas, ele pensa muito, anota tudo, perde sempre.

Também jogo carta com meu carcereiro à tarde, quando a livreira guarda seu tricô e vai embora para abrir a loja dela. Os jogos de carta deste país não se parecem com nenhum outro. Embora sejam simples e envolvam uma grande dose de sorte, eu perco continuamente. Nós jogamos a dinheiro, mas, como eu não tenho, meu carcereiro escreve as minhas dívidas numa lousa. Depois de cada partida, ele ri bem alto, repetindo:

— Sortudo! Chifrudo! Sortudo! Chifrudo!

Ele é recém-casado e a esposa vai ter um bebê em poucos meses. Ele diz com frequência:

— Se for um menino e o senhor ainda estiver aqui, eu apago a sua lousa.

Ele fala com frequência da esposa, diz o quanto ela é bonita, principalmente agora que ganhou peso e os seios e as nádegas quase dobraram de volume.

Ele também me conta em detalhes como eles se conheceram, a *frequentação* deles, as caminhadas apaixonadas pela floresta, a resistência dela, a vitória dele, o casamento rápido, que se tornou urgente por causa do bebê que estava a caminho.

Mas o que ele conta ainda mais em detalhes e com mais prazer é o jantar da noite anterior. Como a esposa preparou, com quais ingredientes, de que jeito e em quanto tempo, porque *quanto mais cozinha em fogo brando, melhor fica.*

O oficial não fala, não conta nada. A única confidência que ele me fez foi que repetia sozinho as nossas partidas de xadrez, a partir das anotações, uma vez à tarde, no escritório dele, e uma segunda vez à noite, em casa. Perguntei se ele era casado. Ele respondeu, encolhendo os ombros:

— Casado? Eu?

A livreira também não conta nada. Ela diz que não tem nada para contar, ela criou dois filhos e é viúva há seis anos, só isso. Quando ela pergunta sobre a minha vida no outro país, eu respondo que tenho ainda menos do que ela para contar, porque não criei nenhum filho e nunca tive esposa.

Um dia ela me diz:

— Nós temos mais ou menos a mesma idade.

Eu discordo:

— Duvido muito. A senhora parece muito mais jovem do que eu.

Ela cora:

— Não me venha com essa. Não estou pedindo elogio. O que eu queria dizer é que se o senhor passou a infância aqui nessa cidade, nós estávamos necessariamente na mesma escola.

Eu digo:

— Sim, só que eu não ia para a escola.

— Não tem como. A escola já era obrigatória.

— Não para mim. Eu era débil mental naquela época.

Ela diz:

— Não tem como falar a sério com o senhor. O senhor está sempre brincando.

Tenho uma doença grave. Hoje faz exatamente um ano que descobri.

Começou no outro país, no meu país de adoção, numa manhã no início de novembro. Às cinco horas. Lá fora ainda é noite. Estou com dificuldade para respirar. Uma dor intensa atrapalha a minha respiração. Essa dor começa no peito e vai irradiando para costelas, costas, ombros, braços, garganta, pescoço, mandíbulas. Como se uma mão enorme quisesse esmagar toda a parte de cima do meu corpo.

Estender o braço devagar, acender o abajur.

Sentar cuidadosamente na cama. Esperar. Levantar. Ir até o escritório, até o telefone. Sentar na cadeira. Chamar uma ambulância. Não! Nada de ambulância. Esperar.

Ir para a cozinha, fazer café. Não ter pressa. Não inspirar profundamente. Respirar lentamente, cuidadosamente, calmamente.

Depois do café, tomar banho, fazer a barba, escovar os dentes. Voltar para o quarto, vestir a roupa. Esperar até as oito horas e ligar não para uma ambulância, mas para um táxi e para o meu médico de confiança.

Ele me atende com urgência. Ele me escuta, faz uma radiografia dos meus pulmões, examina o meu coração, mede a minha pressão.

— Vista-se.

Agora estamos um de frente para o outro no consultório dele.

— O senhor continua fumando? Quanto? Continua bebendo? Quanto?

Respondo sem mentir. Nunca menti para ele, acho. Sei que ele não está nem aí para mim, nem para a minha saúde, nem para a minha doença.

Ele escreve na minha ficha, fica olhando para mim.

— O senhor faz de tudo para se destruir. O problema é seu. Só diz respeito ao senhor. Já faz dez anos que proibi o senhor formalmente de fumar e de beber. E o senhor continua. Mas, se quiser viver mais alguns anos, vai ter que parar imediatamente.

Eu pergunto:

— O que eu tenho?

— Angina de peito provavelmente. Era de se esperar. Mas eu não sou especialista em coração.

Ele me entrega uma folha.

— Vou encaminhar o senhor para um cardiologista renomado. Vá ao hospital dele com isso para fazer um exame mais detalhado. Quanto mais cedo, melhor. Nesse meio-tempo tome esses remédios em caso de dor.

Ele me dá uma receita. Eu pergunto:

— Eu vou ser operado?

Ele diz:

— Se ainda estiver em tempo.

— E se não estiver?

— O senhor pode ter um infarto a qualquer momento.

Vou até a farmácia mais próxima, recebo duas caixas de remédio. Numa delas, analgésicos de uso comum; na outra, leio: *Trinitrina. Indicação: angina de peito. Composição: nitroglicerina.*

Volto para casa, tomo um comprimido de cada caixa, deito na cama. As dores desaparecem rápido, eu adormeço.

Estou andando pelas ruas da cidade da minha infância. É uma cidade morta, as janelas e as portas das casas estão fechadas, o silêncio é total.

Chego numa rua larga e antiga, margeada por casas de madeira, por celeiros decrépitos. O chão é poeirento e é agradável caminhar descalço por essa poeira.

Há, no entanto, uma tensão estranha no ar.

Eu me viro e vejo um puma do outro lado da rua. Um animal esplêndido, bege e dourado, cujos pelos sedosos brilham sob o sol escaldante.

De repente tudo está queimando. As casas, os celeiros se inflamam, e eu tenho que continuar minha caminhada nessa rua em chamas, pois o puma também começa a andar e me segue à distância com uma lentidão majestosa.

Onde encontrar refúgio? Não há saída. As chamas ou as presas.

Talvez no fim da rua?

Esta rua tem de terminar em algum lugar, todas as ruas terminam, dão numa praça, numa outra rua, no campo, na zona rural, a não ser que se trate de um beco sem saída, deve ser o caso aqui, um beco sem saída, sim.

Posso sentir a respiração do puma atrás de mim, muito perto de mim. Não me atrevo a me virar, não consigo mais avançar, meus pés criaram raízes na terra. Espero apavorado que o puma enfim pule sobre as minhas costas, que me destroce dos ombros às coxas, que dilacere a minha cabeça, o meu rosto.

Mas o puma passa por mim, segue seu caminho, impassível, para ir se deitar aos pés de um menino que está ali, no fim da rua, um menino que não estava ali antes, mas agora está ali e acaricia o puma deitado aos seus pés.

O menino me diz:

— Ele não é mau, ele é meu. Não precisa ter medo. Ele não come gente, ele não come carne, ele só come almas.

Não há mais chamas, o incêndio se apaga, a rua não passa de cinzas macias, frias.

Eu pergunto ao menino:

— Você é o meu irmão, não é? Você estava me esperando?

O menino abana a cabeça.

— Não, eu não tenho irmão, não estou esperando ninguém. Eu sou o guardião da juventude eterna. O que está esperando o irmão está sentado num banco na Praça Principal. Ele é bem velho. Talvez seja você que ele está esperando.

Encontro o meu irmão sentado num banco na Praça Principal. Quando me vê, ele levanta.

— Você está atrasado, vamos ligeiro.

Nós subimos para o cemitério, sentamos na grama amarela. Tudo ao redor está deteriorado, as cruzes, as árvores, os arbustos, as flores. O meu irmão, com sua bengala, revolve a terra, uns vermes brancos aparecem. O meu irmão diz:

— Nem tudo está morto. Essas coisas aí estão vivas.

Os vermes fervilham. Vê-los me embrulha o estômago. Eu digo:

— Se a gente começa a pensar, não tem como amar a vida.

O meu irmão, com sua bengala, ergue o meu queixo.

— Não pense. Olhe! Já viu um céu tão bonito como esse?

Olho para cima. O sol está se pondo sobre a cidade. Eu respondo:

— Não, nunca. Em nenhum outro lugar.

Andamos um ao lado do outro até o castelo, paramos no pátio interno, ao pé das muralhas. O meu irmão escala a muralha e, uma vez no topo, começa a dançar ao som de uma música que parece estar vindo do subterrâneo. Ele dança, agitando os braços em direção ao céu, às estrelas, à lua que está nascendo, cheia. Silhueta magra dentro de um casaco preto e comprido, ele avança dançando sobre o parapeito, eu o sigo de baixo, correndo e gritando:

— Não! Não faça isso! Pare! Desça daí! Você vai cair!

Ele para acima de mim.

— Você não lembra? A gente passeava em cima dos telhados e nunca tinha medo de cair.

— A gente era jovem, não tinha vertigem. Desça logo daí!

Ele ri.

— Não tenha medo, eu não vou cair, eu sei voar. Eu pairo sobre a cidade todas as noites.

Ele ergue os braços, pula, se esborracha nas pedras do pátio interno, aos meus pés. Eu me inclino sobre ele, seguro sua cabeça careca, seu rosto enrugado nas minhas mãos, e choro.

O rosto dele se decompõe, os olhos desaparecem, e o que eu tenho nas mãos já não passa de um crânio anônimo e quebradiço que escorre entre meus dedos como areia fina.

Acordo em lágrimas. Meu quarto está na penumbra, eu dormi a maior parte do dia. Troco a camisa encharcada de suor, lavo o rosto. Me olhando no espelho, eu me pergunto quando foi que chorei pela última vez. Não consigo lembrar.

Acendo um cigarro, sento em frente à janela, observo a noite cair sobre a cidade. Sob a minha janela, um jardim vazio, com apenas uma árvore já nua. Mais adiante, casas, janelas que vão se iluminando em número cada vez maior. Atrás das janelas, vidas. Vidas sossegadas, vidas normais, tranquilas. Casais, filhos, famílias. Ouço também o barulho distante dos carros. Fico me perguntando por que as pessoas dirigem, mesmo à noite. Para onde estão indo? Por quê?

A morte, em breve, vai apagar tudo.

Ela me dá medo.

Estou com medo de morrer, mas não irei para o hospital.

Passei a maior parte da minha infância num hospital. Minhas memórias daquele período são bastante nítidas. Consigo ver minha cama entre outras vinte camas, meu armário no corredor, minha cadeira de rodas, minhas muletas, a sala de tortura com sua piscina, seus aparelhos. As esteiras nas quais era preciso ficar andando infinitamente, sustentado por uma cinta; os anéis nos quais era preciso se pendurar; as bicicletas ergométricas nas quais era preciso continuar a pedalar mesmo que se estivesse berrando de dor.

Consigo lembrar desse sofrimento e também dos cheiros, o dos remédios ao qual se misturavam os de sangue, suor, urina, fezes.

Ainda consigo me recordar das injeções, dos jalecos brancos das enfermeiras, das perguntas sem respostas e principalmente da espera. Espera de quê? Da cura certamente, mas talvez de outra coisa também.

Fui informado mais tarde que eu tinha chegado ao hospital em estado de coma, em decorrência de uma doença grave. Eu tinha quatro anos, a guerra estava começando.

O que existia antes do hospital, não sei mais.

A casa branca com venezianas verdes numa rua tranquila, a cozinha onde a minha mãe cantava, o pátio onde o meu pai cortava lenha, a felicidade completa na casa branca alguma vez existiu ou será que eu só sonhei ou imaginei isso durante as longas noites daqueles cinco anos passados no hospital?

E aquele que deitava na outra cama do quartinho e que respirava no mesmo ritmo que eu, aquele irmão cujo nome eu ainda acho que sei, ele tinha morrido ou ele nunca existiu?

Um dia nós mudamos de hospital. O novo se chamava *centro de reabilitação*, mas ainda assim era um hospital. Os quartos, as camas, os armários, as enfermeiras, os exercícios dolorosos: tudo continuava igual.

Um parque enorme circundava o centro. Nós podíamos sair do prédio para ir chapinhar numa piscina de lama. Quanto mais lama você colocava sobre seu corpo, mais felizes as enfermeiras ficavam. Nós também podíamos montar em pôneis de crina longa que nos levavam sobre suas costas para passear sem pressa através do parque.

Com seis anos comecei a escola numa salinha do hospital. Éramos oito ou doze, dependendo do nosso estado de saúde, a ter aulas com uma professora.

A professora não usava jaleco branco, e sim saias curtas e justas com blusas de cores vivas e sapatos de salto alto. Ela também não usava o cabelo preso num coque, ele ficava solto sobre os ombros dela, a cor dele era parecida com a das castanhas que caíam das árvores do parque no mês de setembro.

Meus bolsos estavam sempre cheios desses frutos reluzentes. Eu usava eles para bombardear as enfermeiras e as supervisoras. À noite eu jogava na cama daqueles que estavam gemendo ou chorando para eles ficarem quietos. Também joguei alguns nos vidros da estufa na qual um jardineiro idoso cultivava as saladas que nós éramos obrigados a comer. Uma manhã bem cedo, larguei umas vinte dessas castanhas na frente da porta da diretora para que ela rolasse escada abaixo, mas ela só caiu sentada em cima daquela bunda grande dela e não quebrou nada.

Naquela época eu já não estava mais sentado numa cadeira de rodas, eu andava de muletas, me diziam que eu estava progredindo bastante.

Eu tinha aula das oito ao meio-dia. Depois da refeição eu ia fazer a sesta, mas em vez de dormir eu lia os livros que a professora me emprestava ou aqueles que eu pegava emprestado da diretora quando ela estava longe da sala dela. À tarde eu fazia os meus exercícios físicos, como todo mundo, e à noite eu ainda tinha que fazer o meu dever de casa.

O dever de casa eu fazia bem rápido, depois eu escrevia cartas. Para a professora. Eu nunca entregava para ela. Para os meus pais, para o meu irmão. Eu nunca enviava. Eu não sabia o endereço deles.

Quase três anos se passaram assim. Eu já não precisava das muletas, eu conseguia andar com uma bengala. Eu sabia ler, escrever, calcular. Nós não recebíamos notas, mas eu ganhava com frequência uma estrela dourada, que era colada ao lado dos nossos nomes na parede. Eu era bom principalmente em cálculo mental.

A professora tinha um quarto no hospital, mas ela não dormia sempre lá. Ela ia para a cidade à noite e só voltava de manhã. Perguntei se ela não queria me levar junto com ela, ela respondeu que era impossível, eu não tinha permissão para sair do centro, mas prometeu me trazer chocolate. Ela me dava o chocolate em segredo, porque não tinha o suficiente para todo mundo.

Uma noite eu disse a ela:

— Eu estou cheio de dormir com os garotos. Eu gostaria de dormir com uma mulher.

Ela riu.

— Você quer dormir no quarto das meninas?

— Não. Não com as meninas. Com uma mulher.

— Com qual mulher?

— Com a senhora, por exemplo. Eu gostaria de dormir no seu quarto, na sua cama.

Ela me beijou na testa.

— Os garotinhos da sua idade têm que dormir sozinhos.

— A senhora também dorme sozinha?

— Sim, eu também.

Uma tarde ela foi até o meu esconderijo, que ficava no alto de uma nogueira cujos galhos formavam uma espécie de assento confortável, onde eu podia ler e de onde dava para ver a cidade.

A professora me disse:

— Hoje à noite, quando todos estiverem dormindo, você pode ir para o meu quarto.

Não esperei que todos estivessem dormindo. Eu poderia ter quer esperar até de manhã. Eles nunca dormiam todos ao mesmo tempo. Tinha os que choravam, os que iam ao banheiro dez vezes por noite, os que iam deitar na cama do outro para fazer sem-vergonhice, os que ficavam conversando até o amanhecer.

Dei os meus tapas de costume nos choramingões, depois fui ver o loirinho paralítico que não se mexe e não fala. Ele fica só olhando para o teto, ou então para o céu, quando o levam para a rua, sorrindo. Segurei a mão dele, apertei contra o meu rosto, segurei o rosto dele nas minhas mãos. Ele sorriu enquanto olhava para o teto.

Saí do dormitório, fui para o quarto da professora. Ela não estava lá. Deitei na cama dela. Tinha um cheiro bom. Adormeci. Quando acordei, no meio da madrugada, ela estava deitada ao meu lado, com os braços cruzados sobre o rosto. Descruzei os braços dela, coloquei em volta de mim, me abracei firme nela e fiquei ali, sem dormir, até de manhã.

ALGUNS DE NÓS RECEBIAM CARTAS, que eram entregues pelas enfermeiras ou então lidas por elas para aqueles que não conseguiam fazer isso sozinhos. Depois, quando esses que não sabiam ler vinham me pedir, eu relia para eles. Eu geralmente lia exatamente o contrário do que estava escrito. Resultava em algo como isto: *Querido filho, não queremos vê-lo curado. Nós estamos muito bem sem você. Você não faz a menor falta para nós. Esperamos que você fique aí onde está, porque a última coisa que queremos é ter um deficiente em casa. Mandamos alguns beijos mesmo assim e pedimos que se comporte, porque essas pessoas que cuidam de você merecem todo o respeito possível. Nós não nos daríamos esse trabalho. Temos sorte que outra pessoa faça por você aquilo que nós devíamos estar fazendo, porque nós já não temos mais lugar para você na nossa família, onde todo mundo é saudável. Seus pais, suas irmãs, seus irmãos.*

Aquele para quem eu tinha lido a carta me dizia:

— A enfermeira leu para mim de outro jeito.

Eu dizia:

— Ela leu de outro jeito porque ela não queria que você ficasse chateado. Eu li o que está escrito. Você tem o direito de saber a verdade, é o que eu acho.

Ele dizia:

— Sim, eu tenho esse direito. Mas eu não gosto da verdade. Era melhor antes. A enfermeira estava certa em ler a carta de outro jeito.

Ele começava a chorar.

Muitos de nós também recebiam pacotes. Bolos, biscoitos, presunto, salame, geleia, mel. A diretora havia dito que os pacotes tinham que ser distribuídos entre todos nós. Mesmo assim alguns meninos escondiam comida na cama ou no armário deles.

Eu me aproximava de um deles e perguntava:

— Você não tem medo que esteja envenenado?

— Envenenado? Por quê?

— Os pais preferem um filho morto a um filho aleijado. Nunca pensou nisso?

— Não, nunca. Você é um mentiroso. Saia daqui.

Mais tarde eu via o menino jogando o pacote na lixeira do centro.

Tinha também os pais que vinham visitar o filho. Eu ficava esperando eles no portão do centro. Perguntava o propósito da visita, o nome do filho deles. Depois que respondiam, eu dizia:

— Sinto muito. Seu filho faleceu há dois dias. Vocês ainda não receberam a carta?

Depois disso eu saía dali depressa e me escondia.

Fui convocado pela diretora. Ela me perguntou:

— Por que você é assim tão mau?

— Mau? Eu? Não sei do que a senhora está falando.

— Sabe, sim. Você sabe muito bem. Você anunciou a morte de um filho para os pais dele.

— E daí? Ele não tinha morrido?

— Não. E você sabe disso muito bem.

— Eu devo ter trocado o nome. Todos eles têm nomes muito parecidos.

— Menos você, não é mesmo? Mas nenhuma criança morreu essa semana.

— Não? Então eu confundi com a semana passada.

— Sim, com certeza. Mas eu aconselho você a não confundir mais os nomes, nem as semanas. E proíbo você de falar com os pais e os visitantes. Também proíbo você de ler as cartas para as crianças que não sabem ler.

Eu disse:

— Eu só estava pensando em dar uma mão.

Ela disse:

— Eu proíbo você de dar uma mão a quem quer que seja. Está entendido?

— Sim, senhora diretora, está entendido. Mas ninguém vai poder reclamar se eu não ajudar a subir as escadas, se eu não ajudar a levantar quando alguém cair, se eu não explicar os cálculos e se eu não corrigir a ortografia das cartas. Se a senhora me proíbe de dar uma mão, proíba também que me peçam uma mãozinha.

Ela ficou olhando longamente para mim e disse:
— Certo. Saia daqui.

Saí da sala dela, vi um menino chorando porque tinha deixado uma maçã cair e não conseguia alcançá-la. Passei ao lado dele, dizendo:
— Pode chorar o quanto quiser, isso não vai fazer a maçã voltar, seu desengonçado.

Ele me pediu, sentado na sua cadeira:
— Pode pegar para mim, por favor?
Eu disse:
— Você vai ter que se virar sozinho, seu imbecil.

À noite a diretora apareceu no refeitório, fez um discurso e no final disse que não era para me pedirem ajuda, que não era para pedirem ajuda para ninguém a não ser para as enfermeiras, para a professora e eventualmente para ela mesma, em caso de força maior.

Como resultado de tudo isso, eu precisei ir duas vezes por semana para o quarto ao lado da enfermaria, onde uma mulher muito velha ficava sentada numa poltrona grande com um cobertor grosso sobre as pernas. Já tinha ouvido falar dela antes. As outras crianças que iam para esse quarto diziam que aquela velha era muito legal, como uma vovozinha, e que era bom ficar lá com ela, deitado numa cama de campanha ou então sentado numa mesa, desenhando o que desse vontade. Também dava para ficar olhando livros ilustrados e dava para falar qualquer coisa.

A primeira vez que eu fui para lá, a gente não falou nada, só bom dia, depois eu fiquei entediado, os livros dela não me interessavam, eu não estava com vontade de desenhar, então fiquei andando da porta até a janela e da janela até a porta.

Passado algum tempo, ela me perguntou:

— Por que você fica andando assim, sem parar?

Eu parei para responder:

— Tenho que exercitar a minha perna aleijada. Eu ando sempre que posso e sempre que não tenho mais nada para fazer.

Ela abriu um sorriso cheio de rugas.

— Essa perna, pelo que me parece, está muito bem.

— Não o suficiente.

Joguei minha bengala em cima da cama, dei alguns passos, caí perto da janela.

— A senhora viu como ela está bem?

Rastejei de volta e peguei a bengala.

— Quando eu puder viver sem isso, aí sim vai estar bem.

Nas vezes seguintes, quando eu tinha que ir, eu não ia. Ficaram me procurando por toda parte, não me encontraram. Eu estava sentado nos galhos da nogueira no fundo do jardim. Só a professora conhecia aquele esconderijo.

Na última vez foi a própria diretora que me levou para a salinha logo depois do almoço. Ela me empurrou para dentro da salinha, eu caí na cama. Não me mexi. A velha me fazia perguntas:

— Você lembra dos seus pais?

Eu respondia para ela:

— Não, nadinha. E a senhora?
Ela continuava com as perguntas dela.
— No que você pensa à noite antes de adormecer?
— Em dormir. A senhora não?
Ela me perguntava:
— Você anunciou a morte de um filho para os pais dele. Por quê?
— Para deixá-los felizes.
— Por quê?
— Porque é uma felicidade saber que seu filho está morto e não aleijado.
— Como você sabe?
— Eu sei, só isso.
A velha ainda me perguntou:
— Você faz tudo isso porque os seus pais nunca vêm aqui?
Eu disse para ela:
— O que a senhora tem a ver com isso?
Ela continuou:
— Eles nunca escrevem para você. Eles não mandam pacotes. Então você se vinga nas outras crianças.
Eu levantei da cama e disse:
— Sim, e na senhora também.
Bati nela com a bengala e caí.
Ela deu um berro.
Ela continuou a berrar e eu continuei a bater nela, dali, do chão, de onde eu tinha caído. Meus golpes não atingiam mais do que as pernas, os joelhos dela.
Entraram umas enfermeiras, alertadas pelos berros. Elas me imobilizaram e me levaram para um quartinho, parecido com o outro, exceto que não

tinha mesa nem estante de livros, só uma cama e nada mais. Também tinha barras nas janelas e a porta era fechada pelo lado de fora.

Eu dormi um pouco.

Quando acordei, bati na porta, dei chutes na porta, gritei. Pedi minhas coisas, meus deveres de casa, meus livros.

Ninguém me respondia.

No meio da noite a professora entrou no meu quarto, deitou do meu lado naquela cama estreita. Afundei o meu rosto no cabelo dela e de repente fui tomado por um grande tremor. Ele sacudiu todo o meu corpo, soluços saíram da minha boca, meus olhos se encheram de água, meu nariz começou a escorrer. Eu não conseguia parar de chorar.

NÓS TÍNHAMOS CADA VEZ MENOS comida no centro e foi preciso transformar o parque numa horta. Todos aqueles que tinham condições iam trabalhar lá, sob a supervisão do velho jardineiro. Nós plantávamos batata, feijão, cenoura. Eu lamentava não estar mais sentado numa cadeira de rodas.

Nós também precisávamos descer para o porão com cada vez mais frequência por causa dos alertas e isso acontecia quase sempre à noite. As enfermeiras carregavam nos braços aqueles que não conseguiam andar. Entre pilhas de batatas e sacos de carvão, eu encontrava a professora, eu a abraçava com força e dizia para ela que não precisava ter medo.

Quando a bomba caiu sobre o centro, nós estávamos na sala de aula e não tinha tido nenhum alerta. As bombas começaram a cair à nossa volta, os alunos se esconderam embaixo das mesas e eu continuei de pé. Eu estava, naquele momento preciso, recitando um poema. A professora se precipitou sobre mim, ela me derrubou no chão, eu não conseguia ver nada, ela estava me sufocando. Tentei afastá-la, mas ela estava cada vez mais pesada. Um líquido espesso, morno, salgado corria pelos meus olhos, pela minha boca, pelo meu pescoço, e eu perdi os sentidos.

Acordei num ginásio de esportes. Uma freira estava limpando o meu rosto com um pano úmido. Ela dizia para alguém:

— Este não está ferido, eu acho.

Comecei a vomitar.

Por todos os lados do ginásio tinha gente deitada em colchões de palha. Crianças e adultos. Alguns gritavam, outros não se mexiam, não dava para saber se estavam mortos ou vivos. Entre eles, procurei a professora, mas não consegui encontrá-la. O loirinho paralítico também não estava lá.

No dia seguinte me interrogaram, ficaram me perguntando o meu nome, o dos meus pais, o meu endereço, mas eu fechei os ouvidos para perguntas, eu não respondia mais, eu não falava mais. Então acharam que eu era surdo-mudo e me deixaram em paz.

Ganhei uma bengala nova e numa certa manhã uma freira me pegou pela mão. Nós fomos para a estação ferroviária, subimos num trem, chegamos numa outra cidade. Nós a atravessamos a pé até chegarmos na última casa, perto da floresta. A irmã me deixou lá, com uma velha camponesa que mais tarde eu aprendi a chamar de *Avó*.

Ela me chamava de *filho de uma cadela*.

Estou sentado num banco na estação. Espero meu trem. Estou quase uma hora adiantado.

Daqui consigo ver toda a cidade. A cidade onde vivi por quase quarenta anos.

Antigamente, quando cheguei aqui, era uma cidade pequena e encantadora com seu lago, sua floresta, suas casas antigas e baixas, seus vários parques. Agora ela está isolada do lago por uma rodovia, a floresta está devastada, os parques sumiram e edifícios novos e altos a tornaram feia. As ruas antigas e estreitas estão apinhadas de carros até nas calçadas. As antigas tabernas deram lugar a restaurantes sem estilo ou a self-services nos quais as pessoas comem depressa, às vezes em pé.

Estou olhando para esta cidade pela última vez. Não voltarei para cá, não quero morrer aqui.

Não cheguei nem a me despedir de ninguém. Não tenho mais amigos aqui, amigas ainda menos. Minhas muitas namoradas devem estar casadas, ser mães de família, já não são tão jovens. Faz um bocado de tempo que não cruzo com uma delas na rua.

Meu melhor amigo, Peter, que tinha sido meu tutor na minha juventude, morreu há dois anos de infarto. A esposa dele, Clara, que foi minha iniciadora amorosa, tirou a própria vida já faz muito tempo, pois não suportava a chegada da velhice.

Estou indo embora sem deixar nada nem ninguém para trás. Vendi tudo. Não era lá muita coisa. Meus móveis não valiam nada, meus livros menos ainda. Com meu velho piano e meus poucos quadros consegui ganhar algum dinheiro e é tudo.

O trem chega, eu embarco. Tenho só uma mala. Estou saindo daqui com não muito mais do que eu tinha quando cheguei. Neste país rico e livre, não fiz fortuna.

Tenho um visto de turista para o meu país natal, um visto válido apenas por um mês, mas renovável. Espero que meu dinheiro seja suficiente para viver lá por alguns meses, quem sabe um ano. Também fiz um estoque de remédios.

Duas horas depois chego numa importante estação internacional. Mais espera, então pego um trem noturno no qual reservei um leito. Escolho a parte inferior de um beliche, pois sei que não vou conseguir dormir e vou sair com frequência para fumar um cigarro.

Por enquanto, estou sozinho.

Aos poucos o vagão vai enchendo. Uma senhora, duas moças, um homem mais ou menos da minha idade. Saio para o corredor, fumo, fico olhando a noite. Por volta das duas me deito e acho que até durmo um pouco.

Pela manhã bem cedo, chegada em uma outra grande estação. Três horas de espera, que eu passo no bar tomando alguns cafés.

Dessa vez o trem que pego é um trem do meu país natal. Há poucos passageiros. Os assentos são desconfortáveis, as janelas estão sujas, os cinzeiros cheios, o chão preto e grudento, os banheiros praticamente impossíveis de usar. Nada de vagão-restaurante ou de bar. Os viajantes tiram seu café da manhã da mala, comem e deixam papéis engordurados e garrafas vazias sobre a mesinha dobrável da janela, ou então jogam no chão, embaixo dos assentos.

Apenas dois dos viajantes falam a língua do meu país. Eu escuto, mas não falo com eles.

Fico olhando pela janela. A paisagem muda. Nós saímos de uma região montanhosa, chegamos numa planície.

Minhas dores recomeçam.

Engulo meus remédios sem água. Não me lembrei de trazer algo para beber e está fora de cogitação pedir para os outros passageiros.

Fecho os olhos. Sei que estamos nos aproximando da fronteira.

Aqui estamos. O trem para, guardas de fronteira, funcionários da alfândega, policiais sobem a bordo. Eles me pedem os documentos, me devolvem com um sorriso. Por outro lado, os dois viajantes que falam o idioma do meu país são longamente interrogados e as malas deles são revistadas.

O trem segue em frente e agora, em cada parada, as únicas pessoas que embarcam são deste país.

Na minha cidadezinha não chegam trens vindos do estrangeiro. Chego na cidade vizinha, mais para o interior do país e maior. Eu poderia fazer minha conexão daqui a pouco, me mostram o trenzinho vermelho, composto de três vagões, que sai de hora em hora da plataforma número um para a cidade pequena. Fico olhando o trem partir.

Saio da estação, pego um táxi, peço que me leve até um hotel. Subo para o quarto, me deito e pego no sono imediatamente.

Quando acordo, abro as cortinas da janela. Ela dá para o oeste. Lá adiante, atrás da montanha da minha cidadezinha, o sol está se pondo.

Todos os dias eu vou até a estação, fico olhando o trem vermelho chegar e partir de novo. Então dou uma caminhada pela cidade. À noite fico bebendo no bar do hotel ou em outra taberna da cidade com desconhecidos.

Meu quarto tem uma sacada. Eu sento ali com frequência, agora que o calor está começando. Dali vejo um céu imenso, como já não via há quarenta anos.

Minhas caminhadas pela cidade ficam cada vez mais longas, chego até a sair da cidade e caminhar pelo campo.

Margeio um muro de pedra e metal. Atrás desse muro, um pássaro canta e eu consigo ver os galhos nus dos castanheiros.

O portão de ferro forjado está aberto. Entro, sento na pedra grande coberta de musgo, perto da entrada. Essa pedra enorme, nós a chamávamos de *a rocha preta*, mas ela nunca foi preta, ela puxava mais para o cinza ou o azul, e agora é completamente verde.

Eu olho o parque, eu o reconheço. Também reconheço o edifício grande bem lá no fundo do parque. As árvores talvez sejam as mesmas, os pássaros certamente não são. Tantos anos se passaram. Quanto tempo vive uma árvore? Quanto tempo vive um pássaro? Não faço a mínima ideia.

E quanto tempo vivem as pessoas? Uma eternidade, me parece, pois estou vendo a diretora do centro se aproximar.

Ela me pergunta:

— O que está fazendo aqui, senhor?

Eu levanto e digo a ela:

— Estou só olhando, senhora diretora. Eu passei cinco anos da minha infância aqui.

— Quando foi isso?

— Faz uns quarenta anos. Quarenta e cinco. Reconheci a senhora. A senhora era a diretora do centro de reabilitação.

Ela grita:

— Mas que audácia! Fique sabendo, meu senhor, que há quarenta anos eu não era nem nascida, mas sei reconhecer de longe um pervertido. Vá embora daqui ou eu chamo a polícia.

Vou embora dali, volto para o hotel, bebo um pouco com um desconhecido. Conto para ele meu episódio com a diretora.

— Óbvio que não é a mesma. A outra já deve estar morta.

Meu novo amigo ergue o copo.

— Conclusão: ou as diretoras se parecem através das épocas, ou então elas vivem um bocado. Amanhã eu vou acompanhar você até o seu centro. Você vai poder visitá-lo à vontade.

No dia seguinte o desconhecido vem me buscar no hotel. Ele me leva de carro até o centro. Pouco antes de entrarmos, em frente ao portão, ele me diz:

— Sabe, a mulher que você viu, era mesmo ela. Só que ela não é mais diretora aqui, nem em nenhum outro lugar. Eu fui me informar. O seu centro agora é um lar de idosos.

Eu digo:

— Eu queria só ver o dormitório. E o jardim.

A nogueira está lá, mas está me parecendo muito mirrada. Vai morrer em breve.

Eu digo ao meu companheiro:

— A minha árvore vai morrer em breve.

Ele diz:

— Não seja sentimental. Tudo morre.

Entramos no edifício. Caminhamos pelo corredor, entramos no quarto que era meu e de tantas outras crianças há quarenta anos. Paro na soleira e fico olhando. Nada mudou. Uma dúzia de camas, paredes brancas, camas brancas, vazias. As camas sempre estão vazias neste horário.

Correndo, eu subo para o andar de cima, abro a porta do quarto onde tinha ficado preso por vários dias. A cama ainda está ali, no mesmo lugar. Talvez seja a mesma cama.

Uma moça nos leva até a saída, ela diz:

— Tudo foi bombardeado aqui. Mas foi tudo reconstruído. Como antes. Está tudo como antes. É um edifício muito bonito, não deve ser modificado.

UMA TARDE minhas dores recomeçam. Volto para o hotel, tomo meus remédios, faço as malas, pago a conta, chamo um táxi.

— Para a estação.

O táxi para em frente à estação, eu digo ao motorista:

— Vá comprar uma passagem para a cidade de K. Eu estou doente.

O motorista diz:

— Isso aí já não é meu trabalho. Eu trouxe o senhor até a estação. Desça. Não quero nada com um doente.

Ele coloca minha mala na calçada, abre a porta do meu lado.

— Saia daí. Saia do meu carro.

Eu pego dinheiro estrangeiro na minha carteira, entrego para ele.

— Por gentileza.

O motorista entra no prédio da estação, volta com a passagem, me ajuda a sair do carro, me segura pelo braço, carrega minha mala, me acompanha até a plataforma número um, fica esperando o trem comigo. Quando o trem chega, ele me ajuda a embarcar, ajeita a minha mala ao meu lado, avisa o fiscal sobre a minha situação.

O trem parte. Não tem quase ninguém nos compartimentos. É proibido fumar aqui.

Fecho os olhos, minhas dores se atenuam. O trem faz paradas de dez em dez minutos praticamente. Eu sei que há quarenta anos fiz essa viagem.

Antes de chegar à estação da cidade pequena, o trem fez uma parada. A freira cutucou meu braço, me sacudiu, eu não me mexi. Ela saltou do trem, correu, foi deitar nos campos. Todos os passageiros correram, foram deitar nos campos. Eu estava sozinho no compartimento. Aviões passavam acima de nós, metralhando o trem. Quando o silêncio voltou, a freira também voltou. Ela me deu um tapa, o trem voltou a andar.

Abro os olhos. Estamos quase chegando. Já consigo ver a nuvem de prata acima da montanha, depois aparecem as torres do castelo e os campanários das muitas igrejas.

No dia 22 de abril, depois de quarenta anos de ausência, eu estou de volta à cidadezinha da minha infância.

A estação continua igual. Só está mais limpa e tem até umas flores, flores daqui cujo nome desconheço e que nunca vi em nenhum outro lugar.

Tem também um ônibus que está saindo agora, ocupado pelos poucos passageiros do trem e pelos operários da fábrica do outro lado da rua.

Não pego o ônibus. Permaneço ali, em frente à estação, com minha mala na calçada, e fico olhando o corredor formado pelos castanheiros da rua que leva para a cidade.

— Posso carregar a sua mala, senhor?

Um menino de uns dez anos está parado diante de mim.

Ele diz:

— O senhor perdeu o ônibus. O próximo é só daqui a uma meia hora.

Eu digo a ele:

— Não tem problema. Eu vou a pé.

Ele diz:

— A sua mala é pesada.

Ele levanta minha mala e não solta mais. Eu rio.

— Sim, é pesada. Você não vai conseguir carregar por muito tempo, eu sei o que estou dizendo. Eu fiz esse trabalho antes de você.

O menino põe a mala de volta no chão.

— Ah, é? Quando?

— Quando eu tinha a sua idade. Faz bastante tempo.

— E onde isso?

— Aqui. Na frente dessa estação.

Ele diz:

— Eu posso muito bem carregar essa mala.

Eu digo:

— Certo, mas me dê uns dez minutinhos de vantagem. Eu quero caminhar sozinho. E leve o tempo que precisar, eu não tenho nenhuma pressa. Vou estar esperando você no Jardim Negro. Se ele ainda existir.

— Existe sim, senhor.

O Jardim Negro é um pequeno parque no final do corredor de castanheiros e ele não tem nada de negro, a não ser a cerca de ferro forjado que o rodeia. Eu me sento num banco, fico esperando o menino. Ele chega em seguida, coloca minha mala em outro banco à minha frente e senta, ofegante.

Eu acendo um cigarro e pergunto:

— Por que você está fazendo esse trabalho?

Ele diz:

— Eu quero comprar uma bicicleta. Uma bicicleta para trilha. O senhor me daria um cigarro?

— Não, nada de cigarro para você. Eu estou morrendo por causa do cigarro. Você também quer morrer por causa do cigarro?

Ele me diz:

— Morrer de uma coisa ou de outra... Até porque todos os estudiosos dizem...
— O que é que dizem esses estudiosos?
— Que a terra está ferrada. E que não tem nada que se possa fazer. É tarde demais.
— Onde você ouviu falar essas coisas?
— Por todo lado. Na escola e principalmente na televisão.

Jogo meu cigarro fora.

— Ainda assim, você não vai ganhar cigarro nenhum.

Ele me diz:
— O senhor é mau.

Eu digo:
— Sim, eu sou mau. E daí? Tem um hotel em algum lugar dessa cidade?
— Claro que tem. Tem vários. Como é que o senhor não sabe? Parece que o senhor conhece bem a cidade.

Eu digo:
— Quando eu morava aqui, não tinha hotel. Nenhum.

Ele diz:
— Isso deve ter sido há muito tempo então. Na Praça Principal tem um hotel novinho em folha. O nome é Grande Hotel, porque ele é o maior de todos.
— Vamos até lá.

Na frente do hotel o menino coloca minha mala no chão.

— Eu não posso entrar, senhor. A mulher da recepção me conhece. Ela vai contar para a minha mãe.
— O quê? Que você carregou a minha mala?

— Sim. A minha mãe não quer que eu fique carregando malas.
— Por quê?
— Não sei. Ela não quer que eu faça isso. Ela só quer que eu estude.

Eu pergunto:
— E os seus pais? O que eles fazem?

Ele diz:
— Eu não tenho pais. Só uma mãe. Pai não. Nunca tive.
— E o que a sua mãe faz?
— Pois então, ela trabalha aqui no hotel. Ela limpa duas vezes por dia. Mas ela quer que eu me torne um estudioso.
— Um estudioso de quê?
— Isso ela não tem como saber, porque ela não conhece os trabalhos dos estudiosos. Ela acha que professor. Ou médico, imagino.

Eu digo:
— Bom. Quanto você quer pela mala?

Ele diz:
— Isso é como o senhor quiser.

Dou duas moedas para ele.
— Está bom assim?
— Sim, senhor.
— Não, senhor. Não está nada bom. Não dá para você carregar uma mala pesada dessas da estação até aqui por tão pouco dinheiro!

Ele diz:
— Eu aceito o que me dão, senhor. Não tenho o direito de exigir mais. Além disso, tem gente que é

pobre. Eu às vezes carrego malas de graça. Eu gosto de fazer esse trabalho. Gosto de ficar esperando na estação. Gosto de ver as pessoas que chegam. As pessoas daqui eu conheço todas, de vista. Eu gosto de ver as pessoas chegarem de outro lugar. Como o senhor. O senhor vem de longe, né?

— Sim, de bem longe. De um outro país.

Entrego uma nota para ele e entro no hotel.

Escolho um quarto na esquina, dali consigo ver toda a praça, a igreja, a mercearia, as lojas, a livraria.

São nove horas da noite, a praça está vazia. As luzes estão acesas nas casas. As persianas vão sendo baixadas, as venezianas fechadas, as cortinas puxadas, a praça fechada.

Me acomodo diante de uma das janelas do meu quarto, fico olhando a praça, as casas, até tarde da noite.

Na minha infância sonhei muitas vezes em morar numa das casas da Praça Principal, qualquer uma delas, mas principalmente a casa azul onde tinha, e onde continua tendo, uma livraria.

Mas nesta cidade eu só morei na casinha decadente da Avó, longe do centro, nos confins da cidade, perto da fronteira.

Na casa da Avó eu trabalhava da manhã à noite, como ela. Ela me dava comida e moradia, mas nunca me dava dinheiro. No entanto, eu precisava de dinheiro para comprar sabonete, pasta de dente, roupas e calçados. Então à noite eu ia para a cidade e tocava gaita de boca nas tabernas. Vendia a lenha que eu recolhia na floresta, cogumelos, castanhas. Também vendia ovos, que eu roubava da Avó, e peixe, que muito rápido aprendi a pescar. Também prestava serviços de todos os tipos para qualquer pessoa. Entregava mensagens, cartas e pacotes. As pessoas confiavam em mim porque achavam que eu era surdo-mudo.

No início eu não falava, nem mesmo com a Avó, mas logo precisei dizer os números para barganhar.

Eu costumava vagar à noite pela Praça Principal. Ficava olhando a vitrine da livraria, as folhas brancas, os cadernos escolares, as borrachas, os lápis. Tudo aquilo era caro demais para mim.

Para ganhar um pouco mais de dinheiro, sempre que dava eu ia até a estação ferroviária para esperar os viajantes. Eu carregava as malas deles.

E assim eu consegui comprar folhas de papel, um lápis, uma borracha e um grande caderno, no qual eu anotava as minhas primeiras mentiras.

Alguns meses depois da morte da Avó, umas pessoas entraram na minha casa sem bater. Eles eram três, e um dos homens estava usando uniforme de guarda de fronteira. Os outros dois estavam em trajes civis. Um deles não falava nada, ele só tomava notas. Ele era jovem, quase tão jovem quanto eu. O outro tinha cabelo branco. Era ele quem me fazia as perguntas.

— Você mora aqui desde quando?

Eu digo:

— Não sei. Desde o bombardeio do hospital.

— Qual hospital?

— Não sei. O centro.

O homem de uniforme intervém:

— Quando eu assumi o comando desta seção, ele já estava aqui.

O civil pergunta:

— Quanto tempo faz isso?

— Três anos. Mas ele já estava aqui antes.

— Como o senhor sabe?

— Dava para ver. Ele trabalhava nas coisas da casa como alguém que sempre esteve aqui.

O homem de cabelo branco se volta para mim:

— Você tem alguma relação de parentesco com a Sra. V., nascida Maria Z.?

Eu digo:

— Era a minha avó.

Ele me pergunta:

— Você tem algum papel que justifique esse parentesco?

Eu digo:
— Não, não tenho nenhum papel. Só tenho as folhas de papel que eu compro na livraria.
Ele diz:
— Está bem. Tome nota!
O jovem em traje civil começa a escrever.
— Sra. V., nascida Maria Z., faleceu sem deixar herdeiro, pelo que todos os seus bens, sua casa e suas terras passarão a ser propriedade do Estado, pertencendo à prefeitura da cidade de K., que deles fará uso do modo que julgar adequado.
Os homens levantam, eu pergunto:
— O que eu tenho que fazer?
Eles ficam se olhando. O homem de uniforme diz:
— Você tem que ir embora daqui.
— Por quê?
— Porque isso aqui não pertence a você.
Eu pergunto:
— Eu tenho que ir embora quando?
— Não sei.
Ele olha para o homem grisalho em traje civil, que diz:
— Avisaremos sem demora. Que idade você tem?
— Quase quinze. Eu não posso ir embora antes dos tomates ficarem maduros.
Ele diz:
— Claro, os tomates. Você tem só quinze anos? Então não vai ter problema.
Eu pergunto:
— Para onde eu vou ter que ir?

Ele fica calado por um momento, olha para o homem de uniforme, o homem de uniforme olha para ele, o civil olha para baixo.

— Não precisa se preocupar. Nós vamos cuidar de você. Acima de tudo, fique tranquilo.

Os três homens saem. Vou atrás deles, andando pela grama para não fazer barulho.

O guarda de fronteira diz:

— O senhor não pode deixar as coisas como estão? Ele é um rapazinho bom e trabalha duro.

O homem em traje civil diz:

— A questão não é essa. É a lei. O terreno da Sra. V. pertence à prefeitura. Já são quase dois anos que o seu rapazinho vive nele sem nenhum direito.

— E quem está sendo prejudicado por isso?

— Ninguém. Mas me explique uma coisa: por que você defende tanto esse garoto imprestável?

— Faz três anos que eu vejo ele cuidar do jardim e dos animais. Ele não é um imprestável, ao menos não mais do que o senhor.

— O senhor se atreve a me chamar de imprestável?

— Eu nunca disse isso. Só disse que ele não é mais do que o senhor. Além disso, eu estou pouco me lixando. Para o senhor, para ele. Daqui a três semanas eu vou ser desmobilizado e vou cuidar do meu próprio jardim. Já o senhor vai carregar um peso na consciência se colocar esse menino na rua. Boa noite e durma bem.

O civil diz:

— Nós não vamos colocá-lo na rua. Nós vamos cuidar dele.

Eles vão embora. Alguns dias depois eles voltam. O mesmo homem de cabelo branco, o jovem, e tem uma mulher junto com eles. Uma mulher idosa de óculos que se parece com a diretora do centro.

Ela me diz:

— Escute bem. Nós não queremos machucar você, nós queremos cuidar de você. Você vai vir conosco para uma bela casa. Lá tem crianças como você.

Eu digo a ela:

— Eu não sou mais criança. Eu não preciso que cuidem de mim. E eu não quero ir mais uma vez para um hospital.

Ela diz:

— Não é um hospital. Você vai poder estudar lá.

Estamos na cozinha. A mulher fala, eu não escuto. O senhor de cabelo branco também fala. Eu também não escuto.

Só o jovem que fica anotando tudo é que não fala nada, ele nem olha para mim.

Ao sair, a mulher diz:

— Não se preocupe. Nós estamos com você. Em breve vai ficar tudo bem. Nós não vamos deixar você sozinho, nós vamos cuidar de você. Nós vamos te salvar.

O homem acrescenta:

— Vamos deixar você ficar aqui este verão. As demolições vão começar no final de agosto.

Estou com medo, medo de ir para uma casa onde vão cuidar de mim, onde vão me salvar. Preciso ir embora daqui. Fico me perguntando para onde eu poderia ir.

Compro um mapa do país e outro da capital. Todos os dias vou até a estação ferroviária, consulto os horários. Pergunto o preço das passagens para tal ou tal cidade. Eu tenho pouquíssimo dinheiro e não quero usar a herança da Avó. Ela tinha me avisado:

— Ninguém pode ficar sabendo que você tem tudo isso. Vão interrogar você, vão prender você, vão tirar tudo de você. E nunca diga a verdade. Finja que você não entende as perguntas. Se pensarem que você é idiota, melhor ainda.

A herança da Avó está enterrada embaixo do banco que tem na frente da casa, num saco de lona que contém joias, moedas de ouro e de prata. Se eu tentasse vender isso tudo, seria acusado de roubo.

Foi na estação ferroviária que eu encontrei o homem que queria atravessar a fronteira.

É noite. O homem está ali, em frente à estação, com as mãos nos bolsos. Os outros viajantes já foram embora. A praça da estação está deserta.

O homem faz um sinal para eu me aproximar, eu vou até ele. Ele não tem nenhuma bagagem.

Eu digo:

— Normalmente eu carrego as malas dos viajantes. Mas estou vendo que o senhor não tem nenhuma.

Ele diz:

— Não, não tenho.

Eu digo:

— Se eu puder ser útil de alguma outra forma... Estou vendo que o senhor é estranho aqui na nossa cidade.

— E o que faz você pensar que eu sou um estranho?
Eu digo:
— Ninguém na nossa cidade usa roupas como as suas. E as pessoas da nossa cidade têm todas a mesma cara. Uma cara conhecida, familiar. Não é preciso conhecer pessoalmente as pessoas da nossa cidade para conseguir reconhecer. Quando um estranho chega, dá para notar imediatamente.

O homem olha à nossa volta:
— Você acha que já me notaram?
— Com certeza. Mas isso não tem muita importância se os seus documentos estiverem em dia. É só o senhor apresentar tudo no posto policial amanhã de manhã e vai poder ficar aqui todo o tempo que quiser. Não tem nenhum hotel, mas eu posso indicar algumas casas que têm quartos para alugar.

O homem me diz:
— Venha atrás de mim.

Ele parte na direção da cidade, mas em vez de pegar a rua principal ele quebra à direita, numa ruazinha poeirenta, e senta entre dois arbustos. Eu sento ao lado dele e pergunto:
— O senhor está tentando se esconder? Por quê?
Ele me pergunta:
— Você conhece a cidade?
— Sim, todinha.
— A fronteira?
— Também.
— E os seus pais?
— Não tenho.
— Eles morreram?

— Não sei.
— Você mora na casa de quem?
— Na minha. Na casa da avó. Ela morreu.
— Você vive com quem?
— Sozinho.
— Onde fica a sua casa?
— Do outro lado da cidade. Perto da fronteira.
— Pode me hospedar por uma noite? Eu tenho bastante dinheiro.
— Sim, eu posso hospedar o senhor.
— Conhece as ruas, algum caminho por onde a gente possa chegar na sua casa sem ser visto?
— Conheço.
— Então vamos. Eu sigo você.

Nós vamos andando por trás das casas, pelo campo. Às vezes temos que escalar cercas, muros, atravessar jardins, pátios privados. A noite cai e o homem atrás de mim não faz nenhum barulho.

Ao chegarmos à casa da Avó, eu o parabenizo.

— O senhor não teve nenhum problema para me seguir, apesar da sua idade.

Ele ri.

— Minha idade? Eu tenho só quarenta anos e estive na guerra. Aprendi a atravessar cidades sem fazer barulho.

Depois de um tempo ele acrescenta:

— Tem razão. Eu estou velho agora. A minha juventude foi engolida pela guerra. Tem alguma coisa para beber?

Coloco uma aguardente na mesa e digo:

— O senhor quer atravessar a fronteira, não quer?
Ele ri de novo.
— Como é que você adivinhou? Tem alguma coisa para comer?

Eu digo:
— Posso fazer uma omelete de cogumelos. Também tem queijo de cabra.

Enquanto preparo a comida, ele bebe.

Nós comemos. Pergunto a ele:
— Como o senhor conseguiu entrar na zona de fronteira? Precisa de uma autorização especial para entrar na nossa cidade.

Ele diz:
— Eu tenho uma irmã que mora aqui. Eu solicitei a permissão para visitar ela e consegui.

— Mas o senhor não vai fazer isso.
— Não, não quero causar nenhum problema para ela. Tome, queime isso aqui tudo no fogão.

Ele me entrega sua carteira de identidade e outros documentos. Eu jogo tudo no fogo.

Pergunto:
— Por que o senhor quer ir embora daqui?
— Não interessa. Me mostre o caminho, é tudo que peço. Eu deixo todo o dinheiro que tenho para você.

Ele coloca umas notas na mesa.

Eu digo:
— Não é um grande sacrifício deixar essa quantia para trás. Até porque esse dinheiro não vale nada do outro lado.

Ele diz:

— Mas aqui, para um rapazinho como você, vale bastante.
Eu jogo as notas no fogo do fogão.
— Sabe, eu não tenho tanta necessidade assim de dinheiro. Aqui eu tenho tudo o que preciso.
Nós ficamos vendo o dinheiro queimar. Eu digo:
— O senhor não tem como atravessar a fronteira sem arriscar a sua vida.
O homem diz:
— Eu sei disso.
Eu digo:
— Saiba também que eu posso denunciar o senhor imediatamente. Aqui na frente de casa tem uma base de guardas de fronteira com quem eu colaboro. Eu sou informante.
O homem, muito pálido, diz:
— Informante, na sua idade?
— A minha idade não tem nada a ver com isso. Eu denunciei diversas pessoas que queriam atravessar a fronteira. Tudo o que acontece na floresta, eu vejo e denuncio.
— Mas por quê?
— Porque às vezes mandam infiltrados para ver se eu denuncio ou não. Até agora, fossem ou não infiltrados, eu era obrigado a denunciar.
— Por que até agora?
— Porque amanhã eu vou atravessar a fronteira com o senhor. Eu também quero ir embora daqui.
No dia seguinte, pouco antes do meio-dia, nós atravessamos a fronteira.

O homem vai na frente, ele está sem sorte. Perto da segunda cerca, uma mina explode, e o homem com ela. Eu, que estou atrás dele, não corro risco nenhum.

Fico olhando a praça vazia até tarde da noite. Quando finalmente vou para a cama, tenho um sonho.
Eu desço até o riacho, meu irmão está ali, sentado na margem, pescando. Vou sentar ao lado dele.
— Pegando muito?
— Não. Eu estava esperando você.
Ele levanta, guarda a vara.
— Faz bastante tempo que não tem mais peixe aqui. Nem água tem mais.
Ele pega uma pedra, atira nas outras pedras do riacho seco.
Vamos andando na direção da cidade. Eu paro diante de uma casa com venezianas verdes. Meu irmão diz:
— Sim, era a nossa casa. Você reconheceu.
Eu digo:
— Reconheci. Mas ela não estava aqui antes. Ela estava numa outra cidade.
Meu irmão corrige:
— Numa outra vida. E agora ela está aqui e está vazia.
Chegamos na Praça Principal.
Em frente à porta da livraria, dois garotinhos estão sentados na escada que leva para o apartamento.
Meu irmão diz:

— São os meus filhos. A mãe deles foi embora.
Entramos numa cozinha ampla. Meu irmão prepara o jantar. Os meninos comem em silêncio, sem levantar os olhos.
Eu digo:
— São felizes os seus filhos.
— Muito felizes. Vou colocá-los para dormir.
Ao voltar ele diz:
— Vamos para o meu quarto.
Entramos num cômodo maior, meu irmão pega uma garrafa escondida atrás dos livros da estante.
— É tudo o que sobrou. Os barris estão vazios.
Nós bebemos. Meu irmão acaricia a toalha aveludada vermelha da mesa.
— Olha, não mudou nada. Eu guardei tudo. Até essa toalha horrível. Amanhã você pode vir se instalar na casa.
Eu digo:
— Não tenho vontade. Prefiro brincar com os seus filhos.
Meu irmão diz:
— Os meus filhos não brincam.
— O que eles fazem?
— Eles estão se preparando para atravessar a vida.
Eu digo:
— Eu atravessei a vida e não encontrei nada.
Meu irmão diz:
— Não há nada para encontrar. O que você estava procurando?
— Você. É por você que eu voltei.
Meu irmão ri.

— Por mim. Você bem sabe que eu não passo de um sonho. É preciso aceitar isso. Não há nada em lugar nenhum.

Estou com frio, me ergo.

— Está tarde, preciso voltar.

— Voltar? Para onde?

— Para o hotel.

— Que hotel? Sua casa é aqui. Vou te apresentar para os nossos pais.

— Para os nossos pais? Onde eles estão?

Meu irmão aponta para a porta marrom que leva para o outro cômodo do apartamento.

— Ali. Estão dormindo.

— Juntos?

— Como sempre.

Eu digo:

— É melhor não acordá-los.

Meu irmão diz:

— Por que não? Eles vão ficar felizes de rever você depois de tantos anos.

Dou um passo para trás.

— Não, eu não quero, eu não posso revê-los.

Meu irmão me agarra pelo braço.

— Você não quer, você não pode. Já eu, eu os vejo todos os dias. Você tem que vê-los ao menos uma vez, só uma vez!

Meu irmão me puxa na direção da porta marrom. Com a mão livre, agarro um cinzeiro de vidro bem pesado de cima da mesa e dou uma pancada na nuca do meu irmão.

Sua testa se choca contra a porta, o meu irmão cai, há sangue em volta da cabeça dele, no parquê.

Eu saio da casa, vou sentar num banco. Uma lua enorme ilumina a praça vazia.

Um velho para diante de mim, me pede um cigarro. Entrego um para ele junto com o fogo.

Ele fica ali, parado em pé diante de mim, fumando o cigarro.

Depois de alguns instantes ele pergunta:

— Então, você o matou?

Eu digo:

— Sim.

O velho diz:

— Você fez o que tinha que fazer. Muito bem. Poucas pessoas fazem o que é preciso fazer.

Eu digo:

— É que ele quis abrir a porta.

— Você fez bem. Você fez bem em impedi-lo. Era preciso que você o matasse. Assim, tudo volta para a ordem, a ordem das coisas.

Eu digo:

— Mas ele não vai mais estar aqui. Pouco me importa a ordem, se ele nunca mais estiver aqui.

O velho diz:

— Pelo contrário. De agora em diante ele vai estar ao seu lado em todos os momentos e em todos os lugares.

O velho se afasta, toca a campainha de uma pequena casa e entra.

Quando acordo, a praça já está movimentada há bastante tempo. As pessoas circulam por ela a pé ou de bicicleta. Há pouquíssimos carros. As lojas estão abertas, a livraria também. Nos corredores do hotel estão passando o aspirador.

Abro a porta do quarto, chamo a faxineira.

— Poderia me trazer um café?

Ela se vira, é uma mulher jovem de cabelo bem preto.

— Não tenho permissão para servir os clientes, senhor, sou apenas faxineira. Nós não fazemos serviço de quarto. Tem um restaurante e um bar.

Volto para o quarto, escovo os dentes, tomo banho, depois me deito de novo debaixo dos cobertores. Estou com frio.

Batem na porta, a faxineira entra, coloca uma bandeja sobre a mesa de cabeceira.

— Pague o café direto no bar quando o senhor preferir.

Ela vem deitar ao meu lado, na cama, e me oferece os lábios. Eu viro o rosto.

— Não, querida. Eu sou velho e doente.

Ela levanta e diz:

— Eu tenho muito pouco dinheiro. O trabalho que eu faço é muito mal remunerado. Eu queria dar uma bicicleta para trilha de aniversário para o meu filho. E eu não tenho marido.

— Entendo.

Dou uma nota para ela, sem saber se é muito pouco ou demais, ainda não estou acostumado com os preços praticados aqui.

Por volta das três da tarde, eu saio.

Vou andando devagar. Ainda assim, depois de uma meia hora chego no outro lado da cidade. Aqui, no lugar da casa da Avó, há uma quadra de esportes muito bem cuidada. Algumas crianças estão jogando.

Permaneço um bom tempo sentado à beira do riacho, depois volto para a cidade. Passo pela cidade velha, pelos becos do castelo, subo até o cemitério, mas não consigo encontrar o túmulo da Avó.

Todos os dias eu dou um passeio assim, por horas a fio, por todas as ruas da cidade. Principalmente pelas ruas estreitas onde as casas estão enfiadas na terra, com as janelas no nível do chão. Às vezes vou sentar num parque, ou nas muretas do castelo, ou em algum túmulo no cemitério. Quando estou com fome, vou até uma pequena taberna, como o que tem para comer. Depois bebo um pouco com os operários, gente simples. Ninguém me reconhece, ninguém lembra de mim.

Um dia entro na livraria para comprar papel e lápis. O homem gordo da minha infância não está mais, é uma mulher que cuida daqui agora. Ela está sentada numa poltrona perto da porta-balcão que dá para o jardim, tricotando. Ela sorri para mim.

— Conheço o senhor de vista. Vejo o senhor entrar e sair do hotel todos os dias. Menos quando o senhor volta muito tarde e eu já estou dormindo. Eu moro em cima da livraria e gosto de ficar olhando a praça à noite.

Eu digo:
— Eu também.
Ela pergunta:

— O senhor está de férias aqui? Por muito tempo?
— Sim, de férias. De certo modo. Eu gostaria de ficar o máximo de tempo que for possível. Vai depender do meu visto e também do meu dinheiro.
— Visto? O senhor é estrangeiro? Não parece.
— Eu passei a infância aqui nessa cidade. Eu nasci neste país. Mas eu vivo no estrangeiro há bastante tempo.

Ela diz:
— Tem muitos estrangeiros chegando agora que o país se tornou livre. Os que foram embora depois da revolução voltam para visitar, mas tem principalmente muitos curiosos, turistas. O senhor vai ver, com o bom tempo eles vão chegar em ônibus lotados. Vai ser o fim da nossa tranquilidade.

Com efeito, o hotel está ficando cada vez mais cheio. Aos sábados são organizados bailes dançantes. Às vezes eles vão até as quatro da manhã. Não consigo aguentar nem a música, nem os gritos e as risadas dos que estão se divertindo. Então fico pela rua, sento num banco com uma garrafa de vinho comprada durante o dia e espero.

Uma noite um garotinho vem sentar do meu lado.
— Posso ficar aqui com o senhor? Eu tenho um pouco de medo à noite.

Reconheço a voz dele. É o menino que carregou minha mala no dia em que cheguei. Pergunto para ele:
— O que você está fazendo aqui tão tarde?

Ele diz:
— Esperando a minha mãe. Quando tem baile, ela tem que ficar até tarde para ajudar a servir e a lavar a louça.

— E daí? Você só tem que ficar em casa e dormir sossegado.
— Eu não consigo dormir sossegado. Tenho medo que aconteça alguma coisa com a minha mãe. A gente mora longe daqui, eu não posso deixar ela andar sozinha à noite. Tem uns homens que atacam as mulheres que andam sozinhas à noite. Eu vi na televisão.
— E as crianças não são atacadas?
— Não, não muito. Só as mulheres. Principalmente se elas forem bonitas. Eu ia conseguir me defender. Eu corro bem rápido.

Nós esperamos. Lentamente vai fazendo silêncio dentro do hotel. Uma mulher sai dali, é ela que me traz o café todas as manhãs. O menininho sai correndo na direção dela, eles vão embora juntos, de mãos dadas.

Outros funcionários saem do hotel, logo desaparecem na distância.

Eu subo para o meu quarto.

No dia seguinte vou ver a livreira.

— Não tem nenhuma condição de continuar naquele hotel. É muita gente, é muito barulho. A senhora por acaso não conhece alguém que me alugaria um quarto?

Ela diz:

— Venha morar na minha casa. Aqui, no andar de cima.

— Não quero incomodar.

— De maneira nenhuma. Eu vou para a casa da minha filha. Ela mora não muito longe daqui. O senhor vai ficar com o andar todo. Dois quartos, a cozinha, o banheiro.

— Por quanto?
— Quanto o senhor paga no hotel?
Eu digo a ela. Ela sorri.
— Isso é preço para turista. Alugo para o senhor pela metade disso. Faço até a limpeza para o senhor depois de fechar a loja. Nesse horário o senhor está sempre fora, não vou incomodar. Quer dar uma olhada no apartamento?
— Não precisa, tenho certeza que vai estar ótimo para mim. Quando eu posso me mudar?
— A partir de amanhã, se o senhor quiser. Eu só preciso levar as minhas roupas e os meus pertences.

No dia seguinte arrumo minha mala, pago a conta no hotel. Chego à livraria um pouco antes da hora de fechar. A livreira me entrega uma chave.
— É a chave da porta de entrada. Dá para subir para o apartamento direto da loja, mas o senhor vai usar a outra porta, a que dá para a rua. Vou mostrar.

Ela fecha a loja. Nós subimos uma escadaria estreita, chegamos num patamar iluminado por duas janelas que dão para o jardim. A livreira me explica:
— A porta da esquerda é a do quarto, na frente é o banheiro. A segunda porta é a da sala de estar, de onde também é possível entrar no quarto. No fundo fica a cozinha. Tem um refrigerador. Deixei umas coisinhas dentro.

Eu digo:
— Eu só preciso de café e de vinho. Eu faço as minhas refeições nas tabernas.

Ela diz:

— Não são refeições saudáveis. O café está na prateleira e tem uma garrafa de vinho na geladeira. Eu vou indo. Espero que o senhor goste daqui.

Ela vai embora. Abro imediatamente a garrafa de vinho. Amanhã vou fazer um estoque. Entro na sala de estar. É um cômodo grande com uma mobília simples. Entre as duas janelas uma mesa grande está coberta com uma toalha aveludada vermelha. Organizo imediatamente meus papéis e meus lápis. Depois vou para o quarto de dormir. É um cômodo estreito com uma única janela, ou melhor, uma porta-balcão que se abre numa pequena sacada.

Coloco minha mala em cima da cama, guardo minhas roupas no armário vazio.

Não vou sair esta noite. Termino a garrafa de vinho enquanto me acomodo perto de uma das janelas da sala de estar, numa poltrona velha. Fico olhando a praça, depois vou me deitar numa cama que cheira a sabão.

No dia seguinte, quando levanto, por volta das dez, encontro dois jornais sobre a mesa da cozinha e uma panela com sopa de legumes no fogão. Primeiro preparo o café e bebo enquanto leio os jornais. A sopa eu tomo mais tarde, antes de sair, por volta das quatro da tarde.

A livreira não me incomoda. Só a vejo quando vou visitá-la no térreo. Quando não estou, ela limpa o apartamento. Ela também leva minha roupa suja e traz de volta limpa e passada.

O tempo passa depressa. Preciso ir até a cidade vizinha, a capital do cantão, para renovar meu visto.

É uma mulher jovem que carimba meu passaporte: renovado por um mês. Eu pago, agradeço a ela. Ela sorri para mim.

— Hoje à noite eu vou estar no bar do Grande Hotel. É bem divertido. Tem muitos estrangeiros, é capaz do senhor encontrar compatriotas seus por lá.

Eu digo:

— Certo, de repente eu vou.

Pego imediatamente o trem vermelho para voltar para casa, para a minha cidade.

No mês seguinte a mulher jovem é menos simpática, ela carimba meu passaporte sem dizer nada, e na terceira vez ela me informa secamente que uma quarta prorrogação será impossível.

Perto do fim do verão, eu estou praticamente sem dinheiro, sou forçado a economizar. Compro uma gaita de boca e começo a tocar nas tabernas, como quando eu era criança. Os clientes me oferecem bebida. Quanto às refeições, me dou por satisfeito com a sopa de legumes da livreira. Em setembro e outubro já não consigo nem pagar o aluguel. A livreira não me cobra, ela continua a limpar, a lavar minha roupa, a trazer a sopa.

Não sei como vou fazer, mas não quero voltar para o outro país, eu preciso ficar aqui, preciso morrer aqui, nesta cidade.

Minhas dores não reapareceram desde a minha chegada, apesar do meu consumo excessivo de álcool e de tabaco.

No dia 30 de outubro comemoro meu aniversário numa das tabernas mais populares da cidade junto com meus companheiros de bebedeira. Todos eles me pagam bebidas. Casais dançam ao som da minha gaita de boca. Mulheres me beijam. Estou bêbado. Começo a falar do meu irmão, como em todas as vezes que bebo demais. Todo mundo na cidade conhece a minha história: eu estou em busca do irmão com quem vivi aqui, nesta cidade, até meus quinze anos. É aqui que eu tenho que encontrá-lo, estou esperando por ele, sei que ele virá quando souber que eu voltei do estrangeiro.

Isso tudo é mentira. Sei muito bem que nesta cidade, na casa da Avó, eu já estava sozinho, que mesmo naquela época eu apenas imaginava que nós éramos dois, o meu irmão e eu, para conseguir suportar a insuportável solidão.

A sala da taberna se acalma um pouco por volta da meia-noite. Não estou mais tocando, só bebendo.

Um homem velho, maltrapilho, senta à minha frente. Ele bebe do meu copo. Diz:

— Eu me lembro muito bem de vocês dois. Você e o seu irmão.

Não digo nada. Um outro homem, mais jovem, traz um litro de vinho para a minha mesa. Peço um copo limpo. Nós bebemos.

O homem, o mais jovem, me pergunta:
— O que você me dá se eu encontrar o seu irmão?
Eu digo a ele:
— Não tenho mais dinheiro.
Ele ri:
— Mas você pode pedir para mandarem dinheiro do estrangeiro. Todos os estrangeiros são ricos.
— Eu não. Eu não tenho nem como pagar uma bebida para você.
Ele diz:
— Não tem problema. Mais um litro, por minha conta.
A garçonete traz o vinho e diz:
— Esse aqui é o último. Não sirvo mais vocês. Se a gente não fechar, vamos ter problema com a polícia.
O velho continua a beber ao nosso lado, dizendo de vez em quando:
— Sim, eu conhecia bem vocês dois, vocês eram uma dupla e tanto, já naquela época. Sim, sim.
O homem mais jovem me diz:
— Eu sei que o seu irmão se esconde na floresta. Já vi ele de longe algumas vezes. Ele vive como um animal selvagem. Fez umas roupas com cobertores militares e anda de pé descalço mesmo no inverno. Ele se alimenta de ervas, raízes, castanhas e animais pequenos. Tem cabelo comprido e grisalho, a barba também é grisalha. Ele tem uma faca e fósforos, fuma cigarros que ele mesmo enrola, o que prova que às vezes ele entra na cidade à noite. Talvez as meninas que moram para lá do cemitério e que vivem do próprio

corpo conheçam ele. Uma delas, pelo menos. Talvez receba ele em segredo e arranje para ele o que ele precisa. A gente poderia organizar uma busca. Se todo mundo participar, a gente consegue encurralar ele.

Eu me ergo, bato nele.

— Mentiroso! Não é o meu irmão. E se você quiser encurralar alguém, não conte comigo.

Bato nele de novo, ele cai da cadeira. Eu derrubo a mesa, continuo berrando:

— Não é o meu irmão!

A garçonete grita para a rua:

— Polícia! Polícia!

Alguém deve ter telefonado, porque a polícia chegou muito rápido. Dois policiais. A pé. Silêncio total na taberna. Um dos policiais pergunta:

— O que é que aconteceu aqui? Vocês já deviam ter fechado faz tempo.

O homem em quem bati geme:

— Ele me bateu.

Várias pessoas apontam o dedo para mim.

— Foi ele.

O policial ergue o homem.

— Pare de se queixar. Você não tem absolutamente nada. Você está chumbado como sempre. É melhor voltar para casa. Todos vocês, é melhor voltarem para casa.

Ele se volta para mim.

— Já o senhor eu não conheço. Quero ver os seus documentos.

Eu tento fugir, mas as pessoas ao meu redor me seguram. O policial revista meus bolsos, encontra meu passaporte. Fica um bom tempo examinando, depois diz para o colega dele:

— O visto dele expirou. Há vários meses. Vamos ter que levá-lo.

Eu me debato, mas eles me algemam e me levam para a rua. Eu cambaleio, tenho dificuldade para caminhar, então eles praticamente me carregam até o posto policial. Lá eles me tiram as algemas, me colocam deitado numa cama e vão embora, fechando a porta atrás deles.

Na manhã seguinte um oficial de polícia me interroga. Ele é jovem, tem cabelo ruivo e o rosto coberto de sardas.

Ele me diz:

— O senhor não tem mais o direito de permanecer no nosso país. O senhor vai ter que ir embora.

Eu digo:

— Não tenho dinheiro para o trem. Não tenho mais nenhum dinheiro.

— Vou notificar a sua embaixada. Eles vão repatriar o senhor.

Eu digo:

— Eu não quero ir embora daqui. Preciso encontrar o meu irmão.

O oficial encolhe os ombros.

— O senhor pode voltar quando quiser. Pode até se estabelecer definitivamente aqui, mas existem regras para isso. Vão explicar tudo para o senhor na sua embaixada. Quanto ao seu irmão, eu vou fazer umas buscas a respeito dele. O senhor tem alguma informação sobre ele que poderia nos ajudar?

— Sim, eu tenho um manuscrito dele escrito de próprio punho. Está na mesa da sala do meu apartamento, em cima da livraria.

— E como é que esse manuscrito foi parar nas suas mãos?

— Alguém deixou aos meus cuidados na recepção do hotel.

Ele diz:

— Estranho, muito estranho.

Numa manhã de novembro sou convocado no escritório do oficial. Ele me manda sentar, me entrega meu manuscrito.

— Aqui, estou devolvendo para o senhor. Isso é só uma obra de ficção e não tem nada a ver com o seu irmão.

Nós ficamos calados. A janela está aberta. Chove, faz frio. O oficial por fim fala:

— Mesmo no que diz respeito ao senhor, nós não encontramos nada nos arquivos da cidade.

Eu digo:

— Claro. A Avó nunca me registrou. E eu nunca fui para a escola. Mas eu sei que nasci na capital.

— Os arquivos da capital foram totalmente destruídos pelos bombardeios. Vão vir buscar o senhor às catorze horas.

Ele acrescentou isso muito rápido.

Escondo minhas mãos embaixo da mesa porque elas estão tremendo.

— Às catorze horas? Hoje?

— Sim, sinto muito. Precisamos agilizar. Eu estou dizendo, o senhor pode voltar quando quiser. Pode voltar definitivamente. Muitos emigrados fazem isso. O nosso país pertence ao mundo livre agora. Muito em breve o senhor não vai mais precisar de visto.

Eu digo a ele:

— Vai ser tarde demais para mim. Eu sofro de uma doença no coração. Se eu voltei, foi porque queria morrer aqui. Quanto ao meu irmão, talvez ele nunca tenha existido.

O oficial diz:

— Sim, é isso. Se o senhor continuar contando histórias sobre o seu irmão, vão pensar que o senhor é louco.

— O senhor também acha isso?

Ele abana a cabeça.

— Não, eu só acho que o senhor confunde a realidade com a literatura. A sua literatura. Acho também que o senhor precisa voltar para o seu país, refletir um pouco e depois voltar. Definitivamente talvez. É isso o que eu desejo para o senhor e para mim.

— Por causa das nossas partidas de xadrez?

— Não, não só por isso.

Ele levanta, estende a mão para mim:

— Não vou estar aqui quando o senhor for embora, então vou me despedir agora. Volte para a sua cela.

Eu volto para minha cela. Meu carcereiro me diz:

— Parece que o senhor vai embora hoje.

— É, parece que sim.

Deito na minha cama, fico esperando. Ao meio-dia a livreira chega com a sopa. Digo a ela que vou ter que ir embora. Ela chora. Ela tira um blusão de lã da bolsa e me diz:

— Tricotei esse blusão para o senhor. Vista. Está frio.

Eu visto e digo:

— Obrigado. Ainda estou devendo dois meses de aluguel. Espero que a embaixada pague para a senhora.

Ela diz:

— Não se preocupe! O senhor vai voltar, não vai?

— Vou tentar.

Ela vai embora em lágrimas. Precisa abrir a loja.

Nós estamos sentados na cela, meu carcereiro e eu. Ele diz:

— É esquisito pensar que o senhor não vai mais estar aqui amanhã. Mas o senhor vai voltar, com certeza. Nesse meio-tempo vou apagar a sua lousa.

Eu digo:

— Não, não faça isso. Não apague nada. Eu vou pagar as minhas dívidas assim que as pessoas da embaixada chegarem.

Ele diz:

— Não, não, era só por diversão. E eu trapaceei várias vezes.

— Ah, então é por isso que você ganhava sempre!

— Não me queira mal, eu simplesmente não consigo não trapacear.

Ele funga, assoa o nariz.

— Sabe, se eu tiver um filho, vou colocar o seu nome nele.

Eu digo a ele:

— Dê o nome do meu irmão, Lucas, em vez disso. Isso ia me deixar ainda mais feliz.

Ele fica pensando.

— Lucas? É, é um belo nome. Vou conversar com a minha mulher. Talvez ela não se oponha. De todo modo não depende dela. Sou eu quem manda na casa.
— Tenho certeza.
Um policial vem me buscar na minha cela. Nós saímos para o pátio interno, meu carcereiro e eu. Tem um homem bem-vestido ali, de chapéu, gravata, guarda-chuva. As pedras do pátio brilham sob a chuva.
O homem da embaixada diz:
— Um carro está à nossa espera. Eu já paguei as suas dívidas.
Ele fala numa língua que eu não deveria conhecer e, no entanto, entendo. Aponto para o meu carcereiro.
— Eu estou devendo uma certa quantia para esse homem. São dívidas de honra.
Ele pergunta:
— Quanto?
Ele paga, me pega pelo braço, me conduz para um grande carro preto estacionado em frente à casa. Um motorista de quepe abre as portas.
O carro arranca. Pergunto ao homem da embaixada se nós poderíamos parar um momentinho em frente à livraria, na Praça Principal, mas ele fica me olhando sem entender e me dou conta de que falei com ele na minha língua antiga, na língua deste país.
O motorista dirige rápido, nós passamos pela praça, já estamos andando pela rua da estação e minha pequena cidade logo fica para trás.
Está quente dentro do carro. Pela janela, vejo desfilarem os vilarejos, os campos, os choupos e as

acácias, a paisagem do meu país açoitada pela chuva e pelo vento.

De súbito me volto para o homem da embaixada.

— Esta aqui não é a estrada para a fronteira. Nós estamos indo no sentido contrário.

Ele diz:

— Primeiro nós vamos conduzi-lo até a embaixada na capital. O senhor vai atravessar a fronteira daqui a alguns dias de trem.

Fecho os olhos.

O menino atravessa a fronteira.

O homem vai na frente, o menino espera. Uma explosão. O menino se aproxima. O homem está deitado perto da segunda cerca. O menino então sai em disparada. Correndo sobre as pegadas, depois sobre o corpo inerte do homem, ele chega do outro lado, se esconde atrás dos arbustos.

Uma equipe de guardas de fronteira chega num off-road. Há um sargento e vários soldados. Um deles diz:

— Pobre coitado!

Um outro:

— Que falta de sorte. Ele estava quase lá.

O sargento grita:

— Parem de gracinhas. Temos que recolher o corpo.

Os soldados dizem:

— O que restou dele.

— Para fazer o quê?

O sargento diz:

— Para a identificação. Ordens são ordens. Temos que recolher os corpos. Voluntários?

Os soldados ficam olhando uns para os outros.

— As minas. Podemos não voltar.

— E daí? É o dever de vocês. Bando de covardes!

Um soldado levanta a mão.

— Eu.

— Muito bem. Vá em frente, meu jovem. Os outros, recuem.

O soldado caminha devagar até o corpo despedaçado, depois começa a correr. Ele passa ao lado do menino sem vê-lo.

O sargento berra:

— Desgraçado! Atirem! Fogo!

Os soldados não atiram.

— Ele está do outro lado. Não podemos atirar para o outro lado.

O sargento ergue seu fuzil. Dois guardas de fronteira estrangeiros aparecem em frente. O sargento abaixa a arma, entrega para um soldado. Ele anda até o cadáver, o coloca nas costas, volta e joga o corpo no chão. Enxuga o rosto nas mangas do uniforme.

— Vocês vão me pagar por isso, seus filhos de uma puta, vocês não passam de um monte de merda.

Os soldados enrolam o cadáver numa lona e colocam na traseira do veículo. Eles vão embora. Os dois guardas de fronteira estrangeiros também se afastam.

O menino continua deitado sem se mexer, ele pega no sono. De manhã cedo os pássaros o acordam. Ele abraça firme seu casaco, suas botas de borracha, e vai andando na direção do vilarejo. Encontra dois guardas de fronteira, que perguntam para ele:

— E você? De onde você está vindo?

— Do outro lado da fronteira.

— Você atravessou? Quando?

— Ontem. Com o meu pai. Mas ele caiu e ficou deitado depois da explosão e os guardas do outro lado foram lá pegar ele.

— Sim, nós estávamos aqui. Mas não vimos você. O soldado que desertou também não viu você.

— Eu me escondi. Eu estava com medo.

— Mas como você sabe a nossa língua?

— Eu aprendi com uns militares durante a guerra. O senhor acha que eles vão cuidar do meu pai?

Os guardas olham para baixo:

— Com certeza. Venha com a gente. Você deve estar com fome.

Os guardas levam o menino até o vilarejo e o confiam para a esposa de um deles.

— Dê comida para ele, depois vá com ele até o posto policial. Diga que nós vamos passar às onze horas para fazer o relatório.

A mulher é gorda e loira, ela tem um rosto vermelho e sorridente.

Ela pergunta para o menino:

— Você gosta de leite e de queijo? A comida ainda não está pronta.

— Sim, senhora, eu gosto de tudo. Eu como qualquer coisa.

A mulher serve:

— Não, espere. Vá se lavar primeiro. Pelo menos o rosto e as mãos. Eu até poderia lavar as suas roupas, mas você não tem outra para colocar, imagino.

— Não tenho, senhora.

— Vou pegar uma camisa do meu marido. Vai ficar enorme em você, mas não tem importância. É só você arregaçar as mangas. Aqui, uma toalha. O banheiro é logo ali.

O menino leva o casaco e as botas com ele para o banheiro. Ele se lava, volta para a cozinha, come pão e queijo, bebe leite. Ele diz:

— Obrigado, senhora.

Ela diz:

— Você é educado e comportado. E você fala muito bem a nossa língua. A sua mãe ficou do outro lado?

— Não, ela morreu durante a guerra.

— Pobrezinho. Vamos, nós temos que ir até a delegacia. Não precisa ter medo, o policial é simpático, ele é amigo do meu marido.

No posto ela diz ao policial:

— Este aqui é o filho do homem que tentou atravessar ontem. O meu marido vai passar aqui às onze. Eu ficaria feliz em cuidar do garotinho enquanto não tomam uma decisão. Talvez tenha que ser mandado de volta, ele é menor.

O policial diz:

— Veremos. De todo modo vou mandá-lo de volta para a sua casa para o almoço.

A mulher vai embora e o policial entrega um questionário para o menino.

— Preencha. Se não entender a pergunta, pode me perguntar.

Quando o menino devolve o questionário, o policial lê em voz alta:

— Nome completo: Claus T. Idade: dezoito anos. Você não é lá muito alto para a sua idade.

— É por causa de uma doença de infância.

— Você tem uma carteira de identidade?
— Não, nada. O meu pai e eu queimamos todos os nossos documentos antes de partir.
— Por quê?
— Não sei. Por causa da identificação. Foi o meu pai que disse para fazer isso.
— O seu pai pisou numa mina. Se você estivesse andando ao lado dele, teria pisado junto.
— Eu não estava andando ao lado dele. Ele me disse para esperar até que ele estivesse do outro lado e para segui-lo de longe.
— Por que você atravessou?
— O meu pai que queria. Mandavam ele sempre para a cadeia, vigiavam ele. Ele não queria mais viver lá. E ele me levou junto porque não queria me deixar sozinho.
— E a sua mãe?
— Morreu durante a guerra, num bombardeio. Depois eu morei com a minha avó, mas ela morreu também.
— Então você não tem mais ninguém lá. Ninguém que possa querer ir atrás de você. A não ser as autoridades, se você tiver cometido algum crime.
— Eu não cometi nenhum crime.
— Bom, o que tem para fazer agora é esperar a decisão dos meus superiores. Por enquanto, você está proibido de deixar o vilarejo. É isso. Assine esse papel aqui.

O menino assina a ocorrência, que contém três mentiras.

O homem com quem ele atravessou a fronteira não era seu pai.

O menino não tem dezoito anos e sim quinze.

Ele não se chama Claus.

Algumas semanas depois, um homem da cidade chega à casa do guarda de fronteira. Ele diz para o menino:

— Eu me chamo Peter N. Sou eu quem vai cuidar de você a partir de agora. Aqui está a sua carteira de identidade. Só está faltando a sua assinatura.

O menino fica olhando a carteira. Sua data de nascimento está adiantada em três anos, ele se chama Claus e sua nacionalidade é *apátrida*.

No mesmo dia Peter e Claus pegam o ônibus para a cidade. Durante o trajeto Peter faz algumas perguntas:

— O que você fazia antes, Claus? Você era estudante?

— Estudante? Não. Eu trabalhava no meu jardim, cuidava dos meus animais, tocava gaita de boca nas tabernas, carregava as bagagens dos viajantes.

— E o que você gostaria de fazer no futuro?

— Não sei. Nada. Por que nós somos obrigados a fazer alguma coisa?

— Temos que ganhar dinheiro para viver.

— Isso eu sei. Eu sempre fiz isso. Eu estou disposto a fazer qualquer trabalho para ganhar algum dinheiro.

— Algum dinheiro? Com qualquer trabalho? Você pode conseguir uma bolsa e estudar.

— Não estou interessado em estudar.

— Mas um pouco você vai ter que estudar, ao menos para aprender a língua corretamente. Você já fala muito bem, mas também precisa saber ler e escrever. Você vai morar numa residência estudantil com outros estudantes. Vai ter o seu próprio quarto lá. Você vai ter aulas de língua e depois vamos ver.

Peter e Claus passam uma noite num hotel de uma cidade grande. De manhã eles pegam o trem para uma cidade menor, localizada entre um lago e uma floresta. A residência estudantil se encontra numa rua íngreme, no meio de um jardim, perto do centro da cidade.

Um casal, o diretor e a diretora da residência, recebe os dois. Conduzem Claus até o quarto dele. A janela dá para o jardim.

Claus pergunta:

— Quem cuida do jardim?

A diretora diz:

— Eu, mas os meninos me ajudam bastante.

Claus diz:

— Eu também vou ajudar a senhora. As suas flores são muito bonitas.

A diretora diz:

— Obrigada, Claus. Você vai ter total liberdade aqui, mas vai ter que estar de volta às onze horas, no máximo. É você mesmo que vai limpar o seu quarto. Você pode pedir o aspirador para a zeladora.

O diretor diz:

— Se você tiver algum problema, venha falar comigo.

Peter diz:

— Você vai ficar bem aqui, não vai, Claus?

Ainda mostram para Claus o refeitório, os chuveiros e a sala de convivência. Ele é apresentado às meninas e aos meninos que estão ali.

Mais tarde Peter mostra a cidade para Claus, depois o leva até sua casa.

— Você vai poder me encontrar aqui se estiver precisando de mim. Essa é a minha esposa, Clara.

Eles almoçam todos juntos, os três, depois passam a tarde nas lojas para comprar roupas e calçados.

Claus diz:

— Nunca tive tanta roupa em toda a minha vida.

Peter sorri.

— Pode jogar fora o seu casaco velho e as suas botas. Todo mês você vai receber um dinheiro para os seus materiais e seus gastos pessoais. Se estiver precisando de mais alguma coisa, me diga. O alojamento e as aulas vão estar pagos, é claro.

Claus pergunta:

— Quem me dá esse dinheiro todo? É o senhor?

— Não, não, eu sou apenas seu tutor. O dinheiro vem do Estado. Você não tem família, o Estado tem que tomar conta de você até você estar em condições de ganhar a vida por conta própria.

Claus diz:

— Espero que seja o mais rápido possível.

— Daqui a um ano você vai decidir se vai querer estudar ou fazer uma formação profissional.

— Não estou interessado em estudar.

— Veremos, veremos. Então você não tem nenhuma ambição, Claus?

— Ambição? Não sei. Só quero ter paz para escrever.

— Escrever? O quê? Você quer ser escritor?
— Sim. Não precisa estudar para ser escritor. Só precisa saber escrever sem cometer muitos erros. Quero muito aprender a escrever corretamente na sua língua, isso me basta.

Peter diz:
— Não dá para ganhar a vida escrevendo.

Claus diz:
— Não dá, eu sei. Mas eu vou poder trabalhar durante o dia e escrever tranquilamente à noite. É o que eu já fazia na casa da Avó.
— Como é? Você já escreve?
— Sim. Eu enchi vários cadernos. Eles estão enrolados no meu casaco velho. Quando eu tiver aprendido a escrever na sua língua, vou traduzir tudo e mostrar para o senhor.

Eles estão no quarto da residência estudantil. Claus desata o barbante com o qual seu casaco velho está amarrado. Coloca cinco cadernos escolares em cima da mesa. Peter vai abrindo um depois do outro:
— Eu estou realmente curioso para saber o que tem nesses cadernos. É algum tipo de diário?

Claus diz:
— Não, são mentiras.
— Mentiras?
— Sim. Coisas inventadas. Histórias que não são verdadeiras, mas que poderiam ser.

Peter diz:
— Trate de aprender rápido a escrever na nossa língua, Claus.

Chegamos à capital por volta das sete horas da noite. O tempo ficou feio, está frio e as gotas de chuva se transformaram em cristais de gelo.

O edifício da embaixada é circundado por um grande jardim. Sou conduzido para um quarto bem aquecido, com uma cama de casal e um banheiro. É como um quarto num hotel de luxo.

Um garçom me traz uma refeição. Eu como só um pouquinho. A comida não lembra em nada as refeições com as quais eu me reacostumei na cidade pequena. Coloco a bandeja diante da porta. A poucos metros daqui, tem um homem sentado no corredor.

Tomo banho, escovo os dentes com uma escova novinha em folha que encontrei no banheiro. Também encontro um roupão e sobre a cama um pijama. Deito.

Minhas dores recomeçam. Espero um pouco, mas as dores se tornam insuportáveis. Levanto, reviro minha mala, encontro meus remédios, tomo duas pílulas e volto para a cama. As dores, em vez de diminuir, aumentam. Vou me arrastando até a porta, abro, o homem continua ali, sentado. Eu digo a ele:

— Um médico, por favor. Eu estou doente. Coração.

Ele tira do gancho um telefone que está preso na parede ao lado dele. Depois não me lembro de mais nada, eu desmaio. Acordo numa cama de hospital.

Fico três dias no hospital. Passo por todos os tipos de exames. Por fim o cardiologista vem me ver.

— O senhor pode levantar e se vestir. Vão levá-lo de volta para a embaixada.

Eu pergunto:

— O senhor não vai me operar?

— Não há necessidade de operação. Seu coração está em perfeitas condições. Suas dores são causadas pela sua angústia, sua ansiedade, uma depressão profunda. Não tome mais trinitrina, tome só esses calmantes potentes que eu prescrevi para o senhor.

Ele estende a mão para mim.

— Não tenha medo, o senhor ainda vai poder viver bastante tempo.

— Eu não quero viver bastante.

— Assim que você melhorar da depressão vai mudar de ideia.

Um carro me conduz de volta para a embaixada. Sou levado para um escritório. Um jovem sorridente, de cabelos ondulados, aponta para uma poltrona de couro.

— Sente. Fico feliz que tenha corrido tudo bem no hospital. Mas não foi por isso que eu pedi para trazerem o senhor aqui. Você está em busca da sua família, especificamente do seu irmão, não está?

— Sim, meu irmão gêmeo. Mas sem grandes esperanças. O senhor por acaso encontrou alguma coisa? Me disseram que os arquivos foram destruídos.

— Eu não precisava dos arquivos. Eu simplesmente abri a lista telefônica. Nesta cidade tem um homem com o mesmo nome que o seu. Não só o mesmo sobrenome, mas também o mesmo nome.

— Claus?
— Sim. Klaus T., com K. É óbvio, portanto, que não tem como ser o seu irmão. Mas ele pode ser seu parente e quem sabe tenha alguma informação. Aqui estão o endereço e o número de telefone dele, caso o senhor queira entrar em contato.
Pego o endereço e digo:
— Não sei. Primeiro eu gostaria de ver a rua e a casa onde ele mora.
— Entendo. Podemos dar uma volta por lá em torno das dezessete horas. Eu acompanho o senhor. O senhor não pode sair sozinho sem documentos válidos.
Nós atravessamos a cidade. Já é quase noite. No carro o homem de cabelo ondulado me diz:
— Eu me informei sobre o seu homônimo. Ele é um dos poetas mais importantes deste país.
Eu digo:
— A livreira que me alugou o apartamento nunca me falou dele. Mas ela devia conhecer esse nome.
— Não necessariamente. Klaus T. escreve sob pseudônimo. Ele assina como Klaus Lucas. Ele tem fama de misantropo. Nunca aparece em público e não se sabe nada da vida privada dele.
O carro para numa rua estreita entre duas fileiras de casas térreas, circundadas por jardins.
O homem de cabelo ondulado diz:
— Aí está. Número 18. É aqui. É um dos bairros mais bonitos da cidade. O mais calmo e o mais caro também.
Não digo nada. Fico olhando a casa. Ela é um pouco recuada em relação à rua. Do jardim há uns degraus que levam até a porta de entrada. Nas quatro

janelas que dão para a rua as venezianas verdes ainda estão abertas. A luz está acesa na cozinha, as duas janelas da sala se iluminam em seguida com uma luz azulada. O escritório permanece escuro por enquanto. A outra parte da casa, a que dá para os fundos, para o pátio interno, não é visível daqui. Tem outros três cômodos lá. O quarto dos pais, o quarto das crianças e um quarto de hóspedes, que servia normalmente como sala de costura da Mãe.

No pátio havia uma espécie de galpão para a lenha, para as bicicletas e os brinquedos volumosos. Eu me lembro dos dois triciclos vermelhos e dos patinetes de madeira. Lembro também dos aros que nós rolávamos pela rua com uma vara. Uma pipa enorme ficava encostada numa das paredes. No pátio também tinha um balanço, com dois assentos pendurados um ao lado do outro. A nossa mãe nos empurrava, nós voávamos até os galhos da nogueira que talvez ainda esteja ali, nos fundos da casa.

O homem da embaixada me pergunta:

— Isso faz o senhor lembrar de alguma coisa?

Eu digo:

— Não, nada. Eu tinha só quatro anos na época.

— O senhor quer tentar entrar agora?

— Não. Vou telefonar hoje à noite.

— Sim, acho melhor. É um homem que não recebe visitas com muita facilidade. Talvez o senhor nem consiga vê-lo.

Voltamos para a embaixada. Eu subo para o meu quarto. Deixo o número ao lado do telefone. Tomo um comprimido, abro a janela. Está nevando. Os flocos fazem um barulho molhado quando caem sobre a grama amarela do jardim, sobre a terra preta. Deito na cama.

ESTOU ANDANDO PELAS RUAS de uma cidade desconhecida. Está nevando, está cada vez mais escuro. As ruas por onde passo estão cada vez menos iluminadas. Nossa casa de antigamente fica na última das ruas. Mais adiante já é o campo. Uma noite sem nenhuma luz. Em frente à casa há uma taberna. Entro e peço uma garrafa de vinho. Sou o único cliente.

As janelas da casa se iluminam todas ao mesmo tempo. Vejo sombras se moverem através das cortinas. Termino a garrafa, saio da taberna, atravesso a rua, toco a campainha do jardim. Não está funcionando, ninguém atende. Abro o portão de ferro forjado, não está trancado. Subo os cinco degraus que levam até a porta da varanda. Toco de novo. Duas vezes, três vezes. Uma voz masculina pergunta, por trás da porta:

— O que é? O que você quer? Quem está aí?

Eu digo:

— Sou eu, o Claus.

— Claus, que Claus?

— O senhor não tem um filho chamado Claus?

— O nosso filho está aqui, em casa. Conosco. Vá embora.

O homem se afasta da porta. Eu volto a tocar, bato, grito:

— Pai, pai, me deixe entrar. Eu me enganei. O meu nome é Lucas. O seu filho, Lucas.

Uma voz feminina diz:

— Deixe ele entrar.
A porta se abre. Um velho me diz:
— Pode entrar.
Ele vai na minha frente até a sala, senta numa poltrona. Uma mulher muito velha está sentada em outra. Ela me diz:
— Então o senhor está dizendo que é o nosso filho Lucas? Onde o senhor esteve até agora?
— No estrangeiro.
Meu pai diz:
— É isso, no estrangeiro. E por que voltou agora?
— Para ver vocês, pai. Vocês dois, e o Klaus também.
Minha mãe diz:
— O Klaus não foi embora.
O Pai diz:
— Nós ficamos anos procurando você.
A Mãe continua:
— Depois nós esquecemos você. Você não devia ter voltado. Você está incomodando todo mundo. Nós temos uma vida tranquila, não queremos ser incomodados.
Eu pergunto:
— Onde está o Klaus? Eu quero vê-lo.
A Mãe diz:
— No quarto dele. Como sempre. Ele está dormindo. É melhor não acordá-lo. Ele tem só quatro anos, precisa dormir.
O Pai diz:
— Não há nada que prove que o senhor seja o Lucas. Vá embora daqui.
Eu não ouço mais, saio da sala, abro a porta do quarto das crianças, acendo a luz do teto. Sentado na

cama, um garotinho olha para mim e começa a chorar. Meus pais chegam correndo. A Mãe pega o garotinho nos braços, ela o embala.

— Não precisa ter medo, meu pequeno.

O Pai me agarra pelo braço, me faz atravessar a sala e a varanda, abre a porta e me empurra escada abaixo.

— Você acordou ele, seu animal. Fora daqui!

Eu caio, bato a cabeça num degrau, sangro, fico deitado na neve.

O FRIO ME ACORDA. O vento e a neve entram no meu quarto, o parquê logo abaixo da janela está molhado.

Fecho a janela, vou buscar uma toalha no banheiro, enxugo a poça d'água. Estou tremendo, estou batendo os dentes. No banheiro está quente, eu sento na borda da banheira, tomo mais um comprimido, espero meus tremores pararem.

São sete horas da noite. Trazem minha refeição. Pergunto ao garçom se podem me dar uma garrafa de vinho.

Ele me diz:

— Vou ver.

Ele traz a garrafa alguns minutos depois.

Eu digo:

— Pode recolher a bandeja.

Bebo. Fico andando pelo meu quarto. Da janela até a porta, da porta até a janela.

Às oito horas sento na cama e disco o número de telefone do meu irmão.

SEGUNDA PARTE

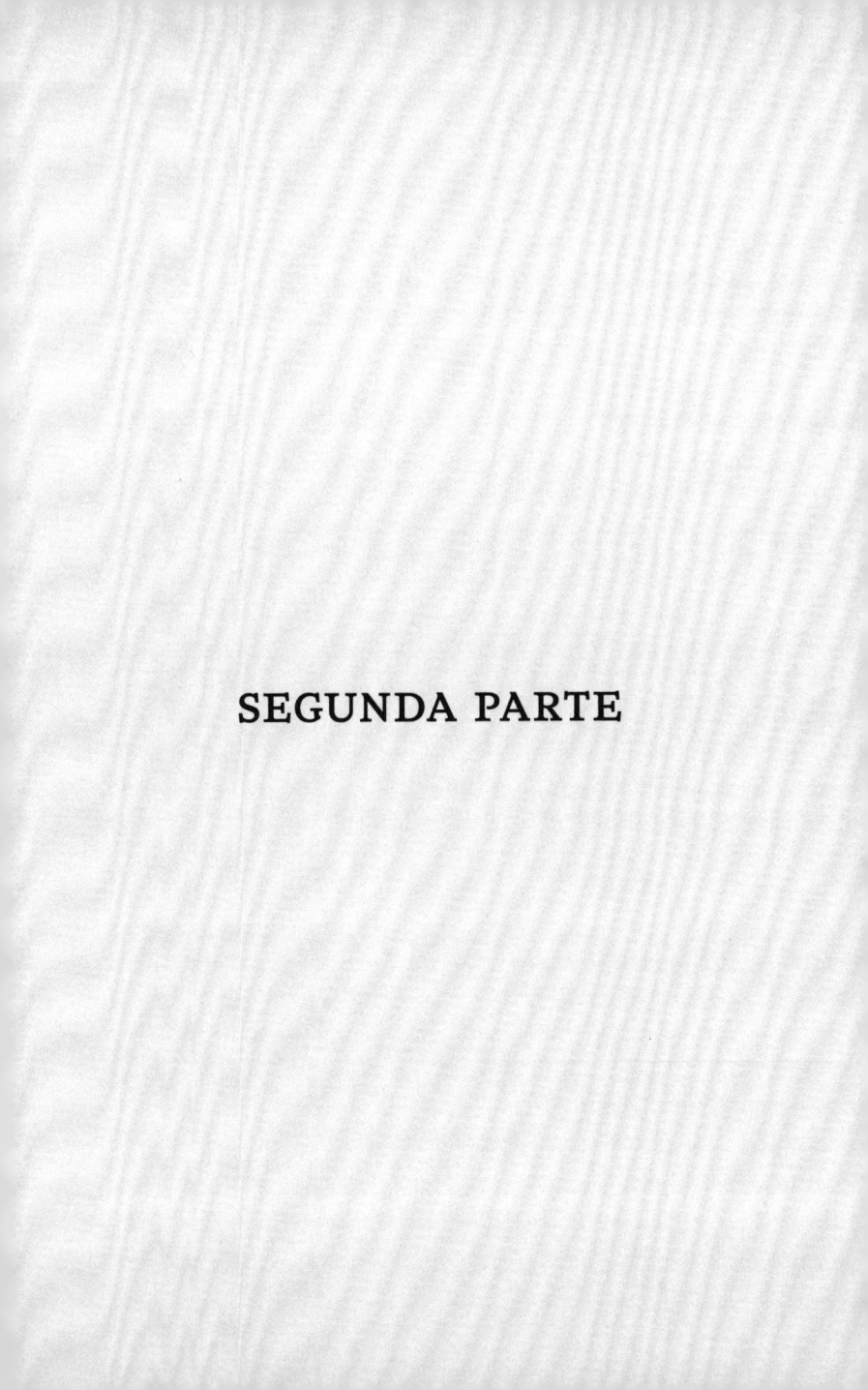

São oito horas, o telefone toca. A Mãe já foi deitar. Eu estou vendo televisão, um filme policial, como todas as noites.

Cuspo o biscoito que estou comendo num guardanapo de papel. Posso terminá-lo depois.

Tiro o telefone do gancho. Não digo meu nome, digo apenas:

— Pronto.

Uma voz masculina do outro lado da linha diz:

— Aqui é Lucas T. Eu gostaria de falar com o meu irmão, Klaus T.

Fico calado. O suor escorre pelas minhas costas. Por fim eu digo:

— O senhor está enganado. Eu não tenho nenhum irmão.

A voz diz:

— Tem, sim. Um irmão gêmeo. Lucas.

— Meu irmão morreu há muito tempo.

— Não, eu não morri. Eu estou vivo, Klaus, e gostaria de ver você de novo.

— Onde o senhor está? De onde o senhor vem?

— Eu vivi bastante tempo no estrangeiro. Agora estou aqui, na capital, na embaixada de D.

Respiro bem fundo e digo tudo de uma vez:

— Não acho que o senhor seja meu irmão. Eu nunca recebo visitas, não quero ser incomodado.
Ele insiste:
— Cinco minutos, Klaus. Só peço cinco minutos. Daqui a dois dias eu vou sair do país e não vou mais voltar.
— Venha amanhã. Mas não antes das oito da noite.
Ele diz:
— Obrigado. Vou estar na nossa casa, quer dizer, na sua casa às oito e meia.
Ele desliga.
Enxugo minha testa. Volto para a frente do aparelho de televisão. Não estou entendendo mais nada do filme. Vou jogar o resto do biscoito no lixo. Não tenho mais vontade de comer. *Nossa casa*. Sim, esta era a nossa casa antigamente, mas isso já faz muito tempo. Agora é a minha casa, tudo o que tem aqui é meu, só meu.
Cuidadosamente abro a porta do quarto da Mãe. Ela está dormindo. Ela é tão franzina, parece uma criança. Afasto os cabelos grisalhos do rosto dela, dou um beijo na sua testa, faço um carinho nas suas mãos enrugadas postas sobre o cobertor. Ela sorri enquanto dorme, aperta a minha mão e murmura:
— Meu pequeno. Você está aqui.
Depois acrescenta o nome do meu irmão:
— Lucas, meu pequeno Lucas.
Saio do quarto, pego uma garrafa de bebida forte na cozinha, me acomodo no escritório para escrever, como todas as noites. Este escritório era do nosso pai, não mudei nada nele, nem a velha máquina de

escrever, nem a cadeira de madeira desconfortável, nem a luminária, nem o porta-lápis. Tento escrever, mas só consigo chorar pensando na *coisa* que arruinou a nossa vida, a vida de todos nós.

    Lucas virá amanhã. Eu sei que é ele. Já no primeiro toque do telefone eu sabia que era ele. Meu telefone não toca quase nunca. Se mandei instalar, foi pela Mãe, em caso de emergência, para fazer pedidos nos dias em que não tenho forças para ir até o supermercado ou então nos dias em que o estado da Mãe não me permite sair.

    Lucas virá amanhã. Como vou fazer para a Mãe não saber? Para ela não acordar durante a visita do Lucas? Tirá-la daqui? Fugir? Para onde? Como? Que motivo dar para a Mãe? Nós nunca saímos daqui. A Mãe não quer sair daqui. Ela acha que é o único lugar onde o Lucas vai poder nos encontrar quando ele voltar.

    Com efeito, foi aqui que ele nos encontrou.

    Se for mesmo ele.

    É mesmo ele.

    Não preciso de nenhuma prova para saber. Eu sei. Eu sabia, eu sempre soube que ele não tinha morrido, que ele iria voltar.

    Mas por que agora? Por que tão tarde? Por que depois de cinquenta anos de ausência?

    Tenho que me proteger. Tenho que proteger a Mãe. Não quero que Lucas destrua nossa tranquilidade, nossos costumes, nossa felicidade. Não quero perturbação na nossa vida. Nem a Mãe, nem eu conseguiríamos suportar que Lucas começasse a remexer no passado, a reviver lembranças, a fazer perguntas para a Mãe.

Tenho que afastar Lucas, custe o que custar, impedi-lo de reabrir a terrível ferida.

É INVERNO. Tenho que economizar carvão. Aqueço um pouco o quarto da Mãe com um radiador elétrico, ligando uma hora antes dela ir para a cama, desligando quando ela pega no sono e voltando a ligá-lo uma hora antes dela se levantar.

Quanto a mim, o calor do fogão e o aquecedor a carvão da sala de estar são suficientes. Levanto cedo para acender o fogo primeiro na cozinha e, quando tem brasa suficiente, levo um pouco para a estufa da sala. Adiciono alguns briquetes de carvão e meia hora depois está quente ali também.

Tarde da noite, quando a Mãe já está dormindo, eu abro a porta do escritório e o calor da sala começa imediatamente a entrar. É um cômodo pequeno, bem rápido fica aquecido. É ali que eu visto meu pijama, meu chambre, antes de escrever. Assim, depois de escrever, eu só preciso ir até meu quarto e me deitar.

Esta noite estou andando em círculos pela casa. Passo e paro diversas vezes na cozinha. Depois vou até o quarto das crianças. Fico olhando o jardim. Os galhos nus da nogueira roçam na janela. A neve fina vai se acumulando nos galhos, na terra, em camadas finas, congeladas.

Passo de um cômodo para outro. Já abri a porta do escritório, é ali que vou receber meu irmão. Vou fechar a porta assim que meu irmão tiver entrado ali,

pouco importa se estiver frio, não quero que a Mãe nos ouça ou que a nossa conversa a acorde.
O que eu diria se isso acontecesse?
Eu diria:
— Volte para a cama, mãe, é só um jornalista.
E eu diria para o outro, para o meu irmão:
— É só a Antonia, minha sogra, mãe da minha esposa. Ela mora aqui conosco faz alguns anos, desde que ficou viúva. Ela não está batendo bem. Ela confunde tudo, mistura tudo. Às vezes ela acha que é minha mãe, porque foi ela quem me criou.
Preciso impedir que eles se vejam, senão eles vão se reconhecer. A Mãe vai reconhecer o Lucas. E se o Lucas não reconhecer a nossa mãe, ela vai dizer para ele, ao reconhecê-lo:
— Lucas, meu filho!
Não quero saber de *Lucas, meu filho!* Não mais. Seria muito fácil.

Hoje adiantei todos os relógios da casa em uma hora enquanto a Mãe fazia a sesta. Felizmente a noite cai bem cedo nessa época. Por volta das cinco da tarde já é noite.
Preparo a comida da Mãe uma hora mais cedo. Purê de cenoura com um pouco de batata, rocambole de carne moída e flã com calda de caramelo de sobremesa.
Arrumo a mesa na cozinha, vou buscar a Mãe no quarto dela. Ela chega na cozinha e diz:

— Ainda não estou com fome.
Eu digo:
— Você nunca está com fome, mãe. Mas precisa comer.
Ela diz:
— Eu como depois.
Eu digo:
— Depois vai estar frio.
Ela diz:
— É só você esquentar de novo. Ou então eu simplesmente não como nada.
Eu digo:
— Vou fazer um chá para abrir o apetite.

Na bebida dela coloco um sonífero dos que ela costuma tomar. Ao lado da xícara deixo outro comprimido.

Dez minutos depois a Mãe adormece na frente da televisão. Eu a pego nos braços, a carrego até o quarto, tiro a roupa dela, coloco ela na cama.

Volto para a sala de estar. Baixo o som da televisão, as luzes também. Recoloco os ponteiros na hora certa no despertador da cozinha e no relógio da sala de estar.

Ainda tenho tempo de comer antes da chegada do meu irmão. Como um pouco de purê de cenoura, um pouco de rocambole de carne. A Mãe mastiga mal, apesar da dentadura que mandei fazer para ela recentemente. A digestão dela também não é lá muito boa.

Quando termino de comer, lavo a louça, coloco as sobras no refrigerador. Vai ter o suficiente para o almoço de amanhã.

Vou me acomodar na sala de estar. Coloco dois copos e uma garrafa de aguardente na mesinha ao lado da minha poltrona. Bebo, fico esperando. Exatamente às oito horas, vou ver a Mãe. Ela está dormindo profundamente. O filme policial começa, eu tento assistir. Por volta das oito e vinte, desisto do filme, me instalo em frente à janela da cozinha. Aqui a luz está apagada, é impossível me ver de fora.

Pontualmente às vinte e trinta, um grande carro preto para em frente à casa, estaciona rente à calçada. Um homem sai, se aproxima da grade, toca.

Eu volto para a sala, digo no interfone:

— Entre. A porta está aberta.

Acendo a luz da varanda, volto para a minha poltrona, meu irmão entra. Ele é magro e pálido, vem na minha direção mancando, com uma pasta debaixo do braço. Lágrimas me vêm aos olhos, eu me ergo, estendo a mão para ele.

— Seja bem-vindo.

Ele diz:

— Não vou incomodar você por muito tempo. Estão me esperando no carro.

Eu digo:

— Venha até o meu escritório. Vamos estar mais tranquilos ali.

Deixo a televisão ligada. Se a Mãe acordar, ela vai ouvir o programa policial, como todas as noites.

O meu irmão pergunta:

— Não vai desligar a televisão?

— Não. Por quê? Do escritório não vamos escutar.

Pego a garrafa e os dois copos, me instalo atrás da minha escrivaninha, aponto para uma cadeira à minha frente.

— Sente.
Levanto a garrafa.
— Um copo?
— Sim.
Nós bebemos. O meu irmão diz:
— Era o escritório do nosso pai. Não mudou nada. Reconheci a luminária, a máquina de escrever, a mobília, as cadeiras.
Eu sorrio.
— O que mais o senhor reconheceu?
— Tudo. A varanda e a sala de estar. Eu sei onde ficam a cozinha, o quarto das crianças e o dos pais.
Eu digo:
— Não que isso seja muito difícil. Todas essas casas foram construídas com o mesmo modelo.
Ele continua:
— Em frente à janela do quarto das crianças, tinha uma nogueira. Os galhos batiam na janela e tinha um balanço pendurado nela. Com dois assentos. No fundo do pátio, embaixo do beiral, nós guardávamos os patinetes e os triciclos.
Eu digo:
— Ainda tem brinquedos embaixo do beiral, mas não são os mesmos. São os dos meus netos.
Ficamos calados. Encho de novo os copos. Quando descansa o dele na mesa, Lucas pergunta:
— Klaus, me diga, onde estão os nossos pais?
— Os meus morreram. Quanto aos seus, não sei.
— Por que você fica me chamando de senhor, Klaus? Eu sou o seu irmão, Lucas. Por que você não quer acreditar em mim?

— Porque o meu irmão morreu. Eu gostaria muito de ver os seus documentos, se o senhor não se importar.

Meu irmão tira um passaporte estrangeiro do bolso e me entrega. Ele diz:

— Não confie muito nisso. Tem algumas coisinhas erradas.

Eu examino o passaporte.

— Então o seu nome é Claus, com C. A sua data de nascimento não é a mesma que a minha, enquanto Lucas e eu éramos gêmeos. O senhor tem três anos a mais do que eu.

Devolvo o passaporte para ele. As mãos do meu irmão estão tremendo, a voz dele também.

— Quando atravessei a fronteira, eu tinha quinze anos. Dei uma data de nascimento falsa para parecer mais velho, maior de idade. Eu não queria que me colocassem sob tutela.

— E o nome? Por que mudar o nome?

— Por sua causa, Klaus. Quando eu estava preenchendo o questionário no escritório dos guardas de fronteira, eu pensei em você, no seu nome, no nome que me acompanhou durante toda a minha infância. Então em vez de Lucas eu escrevi Claus. Você fez a mesma coisa publicando seus poemas como Klaus Lucas. Por que Lucas? Em minha memória?

Eu digo:

— Em memória do meu irmão, na verdade. Mas como é que o senhor sabe que eu publiquei poemas?

— Eu também escrevo, mas não são poemas.

Ele abre a pasta, tira dali um grande caderno escolar e o coloca sobre a mesa.

— Este aqui é o meu último manuscrito. Está inacabado. Não vou ter tempo de terminar. Deixo para você. É você que vai terminá-lo. Você precisa terminá-lo.

Abro o caderno, mas ele me interrompe com um gesto.

— Não, agora não. Quando eu já tiver ido. Tem uma coisa importante que eu gostaria de saber. De onde vem a minha ferida?

— Que ferida?

— Uma ferida perto da coluna vertebral. Uma ferida causada por uma bala. De onde vem isso?

— Como é que o senhor quer que eu saiba? O meu irmão Lucas não tinha nenhuma ferida. Ele teve uma doença de infância. Poliomielite, eu acho. Eu tinha só quatro ou cinco anos quando ele morreu, não tenho como lembrar com precisão. O que eu sei é o que me contaram depois.

Ele diz:

— Sim, é isso. Eu também. Por muito tempo eu achei que tinha tido uma doença de infância. Era o que me diziam. Mas depois eu descobri que tinha sido atingido por uma bala. Onde? Como? A guerra mal tinha começado.

Fico calado, encolho os ombros. Lucas continua:

— Se o seu irmão está morto, deve ter um túmulo. O túmulo dele. Onde é? Você pode me mostrar?

— Não, não posso. O meu irmão está enterrado numa vala comum da cidade de S.

— Ah, é? E o túmulo do Pai, e o túmulo da Mãe, onde eles estão? Você pode me mostrar?

— Não, também não posso. O meu pai não voltou da guerra, e a minha mãe está enterrada com o meu irmão na cidade de S.

Ele pergunta:

— Então eu não morri de poliomielite?

— O meu irmão, não. Ele morreu durante um bombardeio. A minha mãe tinha acabado de levá-lo para a cidade de S., onde ele ia ser tratado num centro de reabilitação. O centro foi bombardeado e nem o meu irmão, nem a minha mãe voltaram.

Lucas diz:

— Se foi isso que disseram para você, mentiram. A Mãe não me levou para a cidade de S. E ela nunca foi lá me ver. Eu vivi vários anos no centro com a minha suposta doença de infância antes que ele fosse bombardeado. E não morri naquele bombardeio, eu sobrevivi.

Encolho os ombros uma vez mais.

— O senhor, sim. O meu irmão, não. Nem a minha mãe.

Ficamos nos encarando, eu sustento meu olhar.

— Tratam-se, como o senhor está vendo, de dois destinos diferentes. O senhor vai ter que continuar as suas buscas em outra direção.

Ele abana a cabeça.

— Não, Klaus, e você sabe disso. Você sabe que eu sou o seu irmão, Lucas, mas você nega. Do que você tem medo? Me diga, Klaus, do quê?

Eu respondo:

— De nada. Do que é que eu poderia ter medo? Se eu tivesse certeza de que o senhor é o meu irmão, eu seria o mais feliz dos homens por tê-lo encontrado.

Ele pergunta:

— Com que propósito eu teria vindo até você se eu não fosse o seu irmão?

— Não faço ideia. Tem também a sua aparência.

— Minha aparência?

— Sim. Olhe para mim e olhe para si mesmo. Existe alguma mínima semelhança física entre nós? Nós éramos gêmeos idênticos, Lucas e eu, éramos perfeitamente iguais. Já o senhor é uma cabeça mais baixo e pesa trinta quilos a menos do que eu.

Lucas diz:

— Você está esquecendo da minha doença, da minha deformidade. Foi um milagre eu ter reaprendido a andar.

Eu digo:

— Vamos deixar isso de lado. Conte o que aconteceu com o senhor depois do bombardeio.

Ele diz:

— Como os meus pais não foram atrás de mim, eu fui mandado para a casa de uma velha camponesa, na cidade de K. Eu vivi e trabalhei na casa dela até o dia em que parti para o estrangeiro.

— E no estrangeiro, o que o senhor fazia?

— Todo tipo de coisa, e também escrevi uns livros. E você, Klaus, como você viveu depois da morte da Mãe e do Pai? Pelo que você me está me contando, você ficou órfão ainda muito novo.

— Sim, muito novo. Mas eu tive sorte. Eu passei só alguns meses num orfanato. Uma família amiga me acolheu. Fui muito feliz com essa família. Era uma família grande, com quatro filhos, e depois eu acabei casando com a mais velha, Sarah. Nós tivemos dois filhos, uma menina e um menino. Agora eu sou avô, um avô feliz.

Lucas diz:

— Que estranho. Quando entrei aqui, fiquei com a impressão que você vivia sozinho.

— Eu estou sozinho agora, é verdade. Mas só até o Natal. Tenho um trabalho urgente para terminar. Uma seleta de novos poemas para preparar. Depois eu vou encontrar a Sarah, minha esposa, os meus filhos e os meus netos na cidade de K. Vamos passar as férias de inverno todos juntos. Temos uma casa lá, herdada dos pais da minha esposa.

Lucas diz:

— Eu morei na cidade de K. Conheço a cidade muito bem. Onde fica a casa de vocês?

— Na Praça Principal, em frente ao Grande Hotel, ao lado da livraria.

— Pois eu acabo de passar vários meses na cidade de K. Eu estava morando justamente em cima da livraria.

Eu digo:

— Que coincidência. É uma bela cidade, não é? Eu costumava passar as férias lá quando era criança, e os meus netos gostam bastante de lá. Principalmente os gêmeos, os filhos da minha filha.

— Gêmeos? Como eles se chamam?

— Klaus e Lucas, obviamente.

— Obviamente.

— Meu filho até agora só tem uma menininha chamada Sarah, como a avó dela, ou seja, minha esposa. Mas o meu filho ainda é novo, ele ainda pode ter outros filhos.

Lucas diz:

— Você é um homem feliz, Klaus.

Eu respondo:

— Sim. Muito feliz. O senhor também, imagino, tem uma família.

Ele diz:

— Não. Eu sempre vivi sozinho.

— Por quê?

Lucas diz:

— Não sei. Talvez porque ninguém tenha me ensinado a amar.

Eu digo:

— Que pena. As crianças trazem muita alegria. Não consigo nem imaginar a minha vida sem elas.

Meu irmão se ergue.

— Estão me esperando no carro. Vou parar de incomodar você.

Eu sorrio.

— Não está me incomodando. Então o senhor vai voltar para o seu país de adoção?

— Claro. Não tenho mais nada a fazer aqui. Adeus, Klaus.

Eu me ergo.

— Eu acompanho o senhor.

No portão do jardim, estendo a mão para ele.

— Até mais, senhor. Espero que consiga encontrar a sua verdadeira família. Desejo muita sorte para o senhor.

Ele diz:

— Você vai ficar no seu papel até o fim, Klaus. Se eu soubesse que você tinha um coração tão duro, nunca teria tentado encontrar você. Eu estou sinceramente arrependido de ter vindo.

Meu irmão embarca no grande carro preto, que arranca e o leva embora.

Ao subir a escada da varanda, escorrego nos degraus congelados, caio, bato com a testa no canto de uma pedra, o sangue escorre sobre os meus olhos, se mistura com as minhas lágrimas. Minha vontade era ficar deitado aqui até congelar, até morrer, mas não posso, tenho que cuidar da Mãe amanhã de manhã.

Entro na casa, vou até o banheiro, lavo a ferida, desinfeto, coloco um esparadrapo, depois volto para o escritório para ler o manuscrito do meu irmão.

NA MANHÃ SEGUINTE a Mãe pergunta:

— Onde é que você se machucou, Klaus?

Eu digo:

— Na escada. Desci para conferir se a porta estava fechada. Escorreguei no piso congelado.

A Mãe diz:

— Você com certeza tinha bebido demais. Você é um beberrão, um incapaz e um desengonçado. Ainda não fez o meu chá? É inacreditável! Além disso, está frio. Você não é capaz de acordar meia horinha mais cedo para que a casa esteja aquecida e o meu chá esteja pronto quando eu acordar? Você não passa de um preguiçoso, um inútil.

Eu digo:

— Aqui está o chá. Daqui a alguns minutos vai estar tudo quentinho, você vai ver. A verdade é que eu nem cheguei a ir para a cama, fiquei a noite toda escrevendo.

Ela diz:

— De novo? O cavalheiro prefere ficar a noite toda escrevendo em vez de cuidar do aquecimento e do chá. É só você escrever durante o dia, trabalhar como todo mundo, e não à noite.

Eu digo:

— Sim, mãe. Seria melhor trabalhar durante o dia. Mas na tipografia eu me acostumei a trabalhar à noite. Não consigo evitar. De todo modo, durante o dia tem um monte de coisas que me incomodam. Tem as compras para fazer, a comida para preparar e principalmente o barulho da rua.

A Mãe diz:

— E tem eu, não é verdade? Diga, diga em alto e bom som, sou eu que incomodo durante o dia. Você só consegue escrever depois que a sua mãe estiver deitada e dormindo, não é mesmo? À noite você está sempre apressado para me ver deitada. Eu já entendi. Faz bastante tempo que eu entendi.

Eu digo:

— De fato, mãe, eu tenho que estar absolutamente sozinho quando escrevo. Preciso de silêncio e solidão.

Ela diz:

— Eu não sou, até onde eu sei, nem muito barulhenta, nem muito invasiva. É só você me dizer e eu nunca mais saio do meu quarto. Eu não vou mais incomodar você, você não vai mais ter que fazer as compras e a comida, você não vai ter mais nada para fazer a não ser escrever depois que eu estiver no túmulo. Lá pelo menos eu vou encontrar o meu filho Lucas, que nunca me maltratou, que nunca desejou a minha morte, nem a minha ausência. Lá eu vou ser feliz e ninguém vai ficar me criticando por nada.

Eu digo:

— Mãe, eu não estou criticando, e você não me incomoda nem um pouco. Eu faço com prazer as compras e a comida, mas eu preciso da noite para escrever. Desde que eu saí da tipografia, os meus poemas são a nossa única renda.

Ela diz:

— Exatamente. Você não devia ter saído da tipografia. A tipografia era um trabalho normal, aceitável.

Eu digo:

— Mãe, você sabe muito bem, foi a doença que me obrigou a deixar o meu trabalho. Não tinha como eu continuar sem arruinar a minha saúde.

A Mãe não responde mais, vai para a frente da televisão, mas no jantar ela recomeça:

— A casa vai de mal a pior. A calha se soltou, agora a água corre pelo jardim todo, daqui a pouco vai chover dentro de casa. As ervas daninhas estão invadindo o jardim, os quartos estão pretos de tanta fumaça, a fumaça dos cigarros do cavalheiro. A cozinha está amarela por causa dessa fumaça, as cortinas das janelas da sala também. Nem vamos falar do escritório ou do quarto das crianças, onde a fumaça está impregnada em tudo. Não dá mais para respirar nesta casa, nem mesmo no jardim, onde as flores estão morrendo por causa da pestilência que sai da casa.

Eu digo:

— Sim, Mãe. Fique calma, Mãe. Não tem flores no jardim porque estamos no inverno. Eu vou mandar repintar os quartos e a cozinha. Ainda bem que você me fez pensar nisso. Até a primavera eu vou mandar repintar tudo e mandar consertar a calha.

Depois de tomar o sonífero, a Mãe se acalma e vai para a cama.

Eu sento em frente ao aparelho de televisão, assisto o filme policial como todas as noites e bebo. Depois vou para o escritório, releio as últimas páginas do manuscrito do meu irmão e me ponho a escrever.

Éramos sempre quatro à mesa. O Pai, a Mãe e nós dois.

A Mãe passava o dia inteiro cantando. Na cozinha, no jardim, no pátio interno. Ela também cantava à noite, no nosso quarto, para nos fazer dormir.

O Pai não cantava. Ele assobiava às vezes, enquanto cortava lenha para o fogão, e nós ouvíamos sua máquina de escrever, na qual ele datilografava à noite e de vez em quando até de madrugada.

Era um som agradável e reconfortante como uma música, como a máquina de costura da Mãe, o barulho da louça, o canto dos melros no jardim, o vento nas folhas da vinha selvagem da varanda e nos galhos da nogueira do pátio.

O sol, o vento, a noite, a lua, as estrelas, as nuvens, a chuva, a neve, tudo era maravilhoso. Nós não tínhamos medo de nada. Nem das sombras, nem das histórias que os adultos contavam entre eles. Histórias de guerra. Nós tínhamos quatro anos.

Uma noite o Pai chega vestido de uniforme. Ele pendura o casaco e o cinto no cabideiro perto da porta da sala de estar. Tem um revólver pendurado no cinto.

O Pai diz durante o jantar:

— Eu vou ter que ir para uma outra cidade. A guerra foi declarada e eu estou mobilizado.

Nós dizemos:

— Nós não sabíamos que o senhor era militar, Pai. O senhor é jornalista e não soldado.

Ele diz:

— Em tempos de guerra, todos os homens são soldados, até os jornalistas. Principalmente os jornalistas. Eu tenho que observar e descrever o que acontece no front. O nome disso é correspondente de guerra.

Nós perguntamos:

— Por que o senhor tem um revólver?

— Porque eu sou oficial. Os soldados têm um fuzil, e os oficiais, um revólver.

O Pai diz à Mãe:

— Coloque os meninos na cama. Preciso conversar com você.

A Mãe nos diz:

— Vão deitar. Eu já estou indo contar uma história. Se despeçam do pai de vocês.

Nós damos um beijo no Pai, depois vamos para o nosso quarto, mas saímos de lá em seguida, em silêncio. Ficamos sentados no corredor, bem atrás da porta da sala de estar.

O Pai diz:

— Eu vou morar com ela. É a guerra, não tenho tempo a perder. Eu amo ela.

A Mãe pergunta:

— Você não pensa nos meninos?

O Pai diz:

— Ela também está esperando um filho. É por isso que eu não posso mais ficar calado.

— Você quer o divórcio?

— Agora não é o momento. Depois da guerra a gente vê. Enquanto isso, eu vou reconhecer o bebê. Pode ser que eu não volte. Nunca se sabe.

A Mãe pergunta:

— Você não ama mais a gente?

O Pai diz:

— Não é essa a questão. Eu amo vocês. Eu sempre vou cuidar de você e dos meninos. Mas eu também amo uma outra mulher. Você consegue entender?

— Não. Eu não consigo e não quero entender.

Nós ouvimos um disparo. Abrimos a porta da sala de estar. Foi a Mãe que atirou. Ela está segurando o revólver do Pai. Ela atira de novo. O Pai está no chão, a Mãe continua atirando. Ao meu lado Lucas também cai. A Mãe joga o revólver longe, berra, se ajoelha ao lado de Lucas.

Eu saio da casa, corro pela rua, grito por socorro, umas pessoas me seguram, me levam de volta para casa, tentam me acalmar. Elas também tentam acalmar a Mãe, mas ela continua berrando:

— Não, não, não!

A sala está cheia de gente. Chegam policiais e duas ambulâncias. Somos levados para o hospital.

NO HOSPITAL me dão uma injeção para dormir porque eu continuo gritando.

No dia seguinte o médico diz:

— Ele está bem, não foi atingido. Já pode voltar para casa.

A enfermeira diz:

— Que casa? Não tem ninguém na casa dele. E ele tem só quatro anos.

O médico diz:

— Veja com a assistente social.

A enfermeira me leva para um escritório. A assistente social é uma mulher velha com um coque. Ela fica me fazendo perguntas:

— Você tem alguma avó? Alguma tia? Alguma vizinha que goste de você?

Eu pergunto:

— Onde o Lucas está?

Ela diz:

— Ele está aqui, no hospital. Ele está ferido.

Eu digo:

— Eu quero ver ele.

Ela diz:

— Ele está inconsciente.

— O que isso quer dizer?

— Ele não está conseguindo falar agora.

— Ele morreu?

— Não, mas ele precisa descansar.

— E a minha mãe?

— A sua mãe está bem. Mas você também não pode vê-la agora.

— Por quê? Ela também está ferida?

— Não, ela está dormindo.

— E o meu pai, ele está dormindo também?

— Sim, o seu pai também está dormindo.

Ela faz um carinho na minha cabeça.

Eu pergunto:

— Por que eles estão dormindo e eu não?

Ela diz:

— É assim. Essas coisas às vezes acontecem. A família toda começa a dormir e quem não está dormindo fica sozinho.

— Eu não quero ficar sozinho. Eu quero dormir também, como o Lucas, como a Mãe, como o Pai.

Ela diz:

— Alguém precisa ficar acordado para esperá-los e para cuidar deles quando voltarem, quando acordarem.

— Então eles vão acordar?

— Alguns deles, sim. A gente espera que sim, pelo menos.

Nós ficamos calados por um tempo. Ela pergunta:

— Você não conhece ninguém que possa cuidar de você enquanto a gente espera?

Eu pergunto:

— Enquanto a gente espera o quê?

— Enquanto a gente espera que alguém da sua família desperte.

Eu digo:

— Não, ninguém. E eu não quero que ninguém cuide de mim. Eu quero voltar para a minha casa.

Ela diz:

— Você não pode morar sozinho na sua casa com a idade que tem. Se você não tiver ninguém, eu vou ter que confiar você a um orfanato.

Eu digo:

— Para mim tanto faz. Se eu não posso morar na nossa casa, pouco importa para onde eu vou.

Uma mulher entra no escritório e diz:
— Vim buscar o garotinho. Eu quero levá-lo para a minha casa. Ele não tem mais ninguém. Eu conheço a família dele.

A assistente social me manda dar uma volta no corredor. Tem algumas pessoas nos corredores. Sentadas em bancos, conversando. Quase todas estão usando chambre.

Elas dizem:
— Que horror!
— Que pena, uma família tão bonita.
— Ela tinha razão.
— Os homens, sempre os homens.
— Que vergonha essas mulherzinhas.
— E tudo isso justo agora que a guerra está começando.
— Tem coisas bem mais importantes para se preocupar.

A mulher que disse *eu quero levar o garotinho para a minha casa* sai do escritório. Ela me diz:
— Você pode vir comigo. O meu nome é Antonia. E o seu? Você é o Lucas ou o Klaus?

Eu dou a mão para Antonia.
— Eu sou o Klaus.

Pegamos o ônibus, caminhamos. Entramos num pequeno cômodo, onde há uma cama grande e uma caminha de criança, uma cama com grades.

Antonia me diz:
— Você ainda é pequeno e pode dormir nesta cama, não é mesmo?

Eu digo:

— Sim.

Eu me deito na cama de criança. O espaço é apertado, meus pés encostam nas grades. Antonia acrescenta:

— A caminha é para o bebê que eu estou esperando. Vai ser seu irmão ou sua irmã.

Eu digo:

— Eu já tenho um irmão. Não quero outro. Nem uma irmã.

Antonia está deitada na cama grande, ela diz:

— Vem, vem aqui comigo.

Eu saio da minha cama, vou até a dela. Ela pega a minha mão e coloca sobre sua barriga:

— Está sentindo? Ele está se mexendo. Daqui a pouco ele vai estar aqui com a gente.

Ela me puxa para junto dela, na cama, e fica me embalando.

— Tomara que ele seja tão bonito quanto você.

Depois me coloca de volta na caminha.

Toda vez que Antonia me embalava, eu sentia os movimentos do bebê e ficava achando que era Lucas. Eu estava enganado. Foi uma menininha que saiu do ventre dela.

Estou sentado na cozinha. Duas mulheres velhas me mandaram ficar na cozinha. Ouço os gritos de Antonia. Nem me mexo. As duas mulheres vêm até aqui de vez em quando para esquentar água e para me dizer:

— Fique tranquilo.

Depois uma das velhas me diz:

— Pode entrar.

Eu entro no quarto, Antonia estende os braços para mim, ela me beija, ela ri.

— É uma menininha. Olha. Uma menininha linda, sua irmã.

Vou olhar o berço. Uma coisinha roxa está berrando ali. Eu seguro a mão dela, conto, acaricio seus dedos um a um, ela tem dez. Coloco seu polegar esquerdo na sua boca, ela para de chorar.

Antonia sorri para mim:

— O nome dela vai ser Sarah. Você gosta?

Eu digo:

— Gosto, não importa o nome. Isso não tem importância. Ela é minha irmãzinha, né?

— Sim, sua irmãzinha.

— E do Lucas também?

— Sim, do Lucas também.

Antonia começa a chorar. Pergunto para ela:

— Onde eu vou dormir, agora que a caminha está ocupada?

Ela diz:

— Na cozinha. Eu pedi para a minha mãe arrumar uma cama para você na cozinha.

Eu pergunto:

— Não posso mais dormir no seu quarto?

Antonia diz:

— É melhor você dormir na cozinha. A bebê vai chorar com frequência e acordar todo mundo várias vezes por noite.

Eu digo:

— Se ela chorar e ficar incomodando, é só fazer ela colocar o polegar na boca. O polegar esquerdo, como eu fiz.

Volto para a cozinha. Ficou só uma das mulheres, a mãe de Antonia. Ela me dá torradinhas com mel para comer. Ela me faz tomar leite. Depois me diz:

— Deite, meu pequeno. Pode escolher a cama que preferir.

Há dois colchões no chão, com travesseiros e cobertores. Escolho o colchão que está sob a janela, assim posso ficar olhando o céu e as estrelas.

A mãe de Antonia deita no outro colchão e, antes de adormecer, ela reza:

— Deus Todo-Poderoso, me ajude. A criança não tem pai. Minha filha com uma criança que não tem pai! Se o meu marido soubesse! Eu menti para ele. Escondi a verdade dele. E a outra criança, que nem é dela? E aquela desgraça toda! O que eu posso fazer para salvar essa pecadora?

A Avó resmunga e eu pego no sono, feliz por estar perto de Antonia e de Sarah.

A mãe de Antonia levanta bem cedo. Ela me manda fazer as compras numa loja das redondezas. Tudo o que eu preciso fazer é entregar a lista e dar o dinheiro.

A mãe de Antonia prepara as refeições. Ela dá banho na bebê e a troca várias vezes ao dia. Ela lava a roupa e depois estende em cordas que ficam acima de nós, na cozinha. Esse tempo todo ela fica resmungando. Orações talvez.

Ela não fica muito tempo. Dez dias depois do nascimento de Sarah, ela vai embora com sua mala e suas orações.

Eu estou bem, sozinho na cozinha. De manhã levanto bem cedo para ir buscar leite e pão. Quando Antonia acorda, eu entro no quarto com uma mamadeira para Sarah e com café para Antonia. Às vezes sou eu que dou a mamadeira, depois posso assistir o banho de Sarah, e tento fazer ela rir com os brinquedos que Antonia e eu fomos juntos comprar para ela.

Sarah está cada vez mais bonita. O cabelo e os dentes estão crescendo, ela sabe rir e aprendeu bem direitinho a chupar o polegar esquerdo.

Infelizmente Antonia precisa voltar para o trabalho, porque os pais pararam de mandar dinheiro.

Antonia sai todas as noites. Ela trabalha num cabaré, dançando e cantando. Ela volta para casa tarde da noite, pela manhã ela está cansada, não consegue cuidar de Sarah.

Uma vizinha vem todas as manhãs, ela dá banho em Sarah, depois a coloca no cercadinho com brinquedos, na cozinha. Eu fico brincando com ela enquanto a vizinha prepara o almoço e lava as roupas. Depois de lavar a louça, a vizinha vai embora e sou eu que cuido de tudo caso Antonia ainda esteja dormindo.

À tarde levo Sarah para passear no carrinho. Nós paramos nos parques que têm pracinha para crianças e eu deixo Sarah correr na grama, brincar na areia, eu a empurro nos balanços.

Quando faço seis anos, tenho que ir para a escola. No primeiro dia Antonia me leva. Ela conversa com o professor e me deixa sozinho. Quando a aula termina, eu volto correndo para casa para ver se está tudo bem e para dar um passeio com Sarah.

Nós vamos cada vez mais longe e é assim, totalmente por acaso, que de repente eu me vejo na minha rua, na rua onde eu morava com os meus pais.

Não conto nada para Antonia, nem para qualquer outra pessoa, mas todo dia dou um jeito de passar na frente da casa com venezianas verdes, paro ali um pouquinho e choro. Sarah chora comigo.

A casa está abandonada. As venezianas estão fechadas, não sai fumaça da chaminé. O jardim da frente está tomado de ervas daninhas; atrás, no pátio, as nozes com certeza caíram da árvore e ninguém recolheu.

Uma noite, quando Sarah está dormindo, eu saio de casa. Corro pelas ruas, sem barulho, na escuridão total. Por causa da guerra, as luzes da cidade estão apagadas, as janelas das casas estão cuidadosamente tapadas. A luz das estrelas me basta, todas as ruas, todas as vielas estão gravadas na minha cabeça.

Pulo a cerca, contorno a casa, vou sentar ao pé da nogueira. Na grama minhas mãos tocam em nozes duras e secas. Encho meus bolsos com elas. No dia seguinte volto com uma sacola e recolho o máximo de nozes que consigo carregar. Ao ver a sacola de nozes na cozinha, Antonia me pergunta:

— De onde vêm essas nozes?

Eu digo:

— Do nosso jardim.

— Que jardim? Nós não temos jardim.

— Do jardim da casa onde eu morava antes.

Antonia me coloca sentado no seu colo.

— Como é que você encontrou? Como pode você lembrar dela? Você tinha só quatro anos naquela época.

Eu digo:

— Agora eu tenho oito. Antonia, me conte o que aconteceu. Me diga onde eles estão. Que fim levaram o Pai, a Mãe e o Lucas?

Antonia chora e me aperta com força contra ela.

— Eu esperava que você fosse esquecer tudo. Eu nunca contei nada sobre isso para que você esquecesse.

Eu digo:

— Eu não esqueci de nada. Toda noite, quando eu olho para o céu, eu penso neles. Eles estão lá em cima, né? Todos morreram.

Antonia diz:

— Não, todos não. Só o seu pai. Sim, o seu pai morreu.

— E a minha mãe, onde ela está?

— Num hospital.

— E o meu irmão?

— Numa casa de reabilitação. Na cidade de S., perto da fronteira.

— O que aconteceu com ele?

— Foi atingido por uma bala que ricocheteou.

— Que bala?

Antonia me afasta e se ergue.

— Me deixe, Klaus, por favor, me deixe.

Ela vai para o quarto, deita na cama, continua soluçando. Sarah começa a chorar também. Eu a pego nos braços, sento na beira da cama de Antonia.

— Não chore, Antonia. Conte tudo para mim. É melhor eu saber de tudo. Agora eu já sou grande o suficiente para saber a verdade. Ficar imaginando é ainda pior do que saber de tudo.

Antonia pega Sarah, coloca deitada ao lado dela e me diz:

— Deite ali do outro lado, vamos fazer ela dormir. Ela não pode ouvir o que eu vou contar para você.

Ficamos deitados na cama grande, nós três, por bastante tempo, em silêncio. Antonia às vezes faz carinho na cabeça de Sarah, às vezes na minha. Quando ouvimos a respiração regular da Sarah, sabemos que ela adormeceu. Antonia começa a falar olhando para o teto. Ela conta como a minha mãe matou o meu pai.

Eu digo:

— Eu me lembro dos disparos e das ambulâncias. E do Lucas. A Mãe atirou no Lucas também?

— Não, o Lucas foi ferido por uma bala perdida. A bala pegou bem perto da coluna vertebral. Ele ficou inconsciente por vários meses e achavam que ele ia ficar aleijado. Agora já se tem esperança de que ele fique completamente curado.

Eu pergunto:

— A Mãe também está na cidade de S., como o Lucas?

Antonia diz:

— Não, a sua mãe está aqui, nesta cidade. Num hospital psiquiátrico.

Eu pergunto:

— Psiquiátrico? O que isso quer dizer? Ela está doente ou está louca?

Antonia diz:
— A loucura é uma doença como qualquer outra.
— Eu posso ir visitar?
— Não sei. Melhor não. É muito triste.
Fico um tempo refletindo, depois pergunto:
— Por que a minha mãe ficou louca? Por que ela matou o meu pai?
Antonia diz:
— Porque o seu pai me amava. Ele amava a gente, a Sarah e eu.
Eu digo:
— A Sarah ainda nem tinha nascido. Mas então a culpa é sua. Tudo isso aconteceu por culpa sua. Sem você, a felicidade na casa com venezianas verdes teria continuado mesmo durante a guerra, e mesmo depois da guerra. Sem você, o meu pai não teria morrido, a minha mãe não estaria louca, o meu irmão não estaria aleijado e eu não estaria sozinho.
Antonia fica calada. Eu saio do quarto.

Vou até a cozinha, pego o dinheiro que Antonia separou para as compras. Todas as noites ela deixa o dinheiro para as compras do dia seguinte na mesa da cozinha. Ela nunca me pede conta de nada.

Saio de casa. Ando até uma rua grande e larga onde circulam ônibus e bondes. Pergunto para uma mulher velha que está esperando o ônibus na esquina:

— Por favor, senhora, que ônibus eu pego para ir até a estação ferroviária?

Ela pergunta:

— Qual estação, meu pequeno? Tem três.

— A que for mais perto.

— Pegue o bonde número cinco, depois o ônibus número três. O fiscal explica para você onde tem que mudar.

Chego numa estação enorme, cheia de gente. As pessoas se empurram, gritam, xingam. Entro na fila que está formada em frente a um guichê. Nós avançamos devagar. Quando enfim chega a minha vez, eu digo:

— Uma passagem para a cidade de S.

O funcionário me diz:

— O trem para S. não parte daqui. Você tem que ir até a Estação do Sul.

Pego de novo ônibus e bondes. É noite quando chego à Estação do Sul e não tem mais nenhum trem para S. até a manhã seguinte. Vou para a sala de espera, encontro um lugar num banco. Tem bastante gente, está cheirando mal, e a fumaça dos cachimbos e dos cigarros deixa meus olhos coçando. Tento dormir, mas, assim que fecho os olhos, vejo Sarah sozinha no quarto, vejo Sarah indo até a cozinha, vejo Sarah chorando porque eu não estou lá. Ela vai ficar a noite inteira sozinha, porque Antonia precisa ir para o trabalho, enquanto eu estou sentado numa sala de espera para ir embora para uma outra cidade, para a cidade onde meu irmão Lucas vive.

Eu quero ir para a cidade onde meu irmão vive, quero encontrar meu irmão, depois nós iremos juntos encontrar a nossa mãe. Amanhã de manhã eu vou partir para a cidade de S. Eu vou partir.

Não consigo dormir. Acho nos meus bolsos uns cartões de racionamento, sem esses cartões Antonia e Sarah não vão ter nada para comer.

Preciso voltar.

Saio correndo. Minhas sapatilhas de ginástica não fazem barulho. De manhã estou perto da nossa casa, entro na fila do pão, depois na do leite, volto para casa.

Antonia está sentada na cozinha. Ela me abraça.

— Onde você estava? A Sarah e eu choramos a noite inteira. Não nos deixe aqui sozinhas de novo.

Eu digo:

— Eu não vou deixar vocês sozinhas de novo. Aqui estão o pão e o leite. Está faltando um pouco de dinheiro. Eu fui até a estação. E até uma outra estação. Eu queria ir para a cidade de S.

Antonia diz:

— Daqui a algum tempo nós vamos até lá juntos. Nós vamos encontrar o seu irmão.

Eu digo:

— Eu também queria ver a minha mãe.

NUM DOMINGO À TARDE nós vamos até o hospital psiquiátrico. Antonia e Sarah ficam na recepção. Uma enfermeira me leva para uma pequena sala de estar, mobiliada com uma mesa e algumas poltronas. Em frente à janela tem uma mesinha redonda com plantas verdes. Eu sento e fico esperando.

A enfermeira volta, segurando pelo braço uma mulher de chambre que ela ajuda a sentar numa das poltronas.

— Cumprimente a sua mamãe, Klaus.

Eu fico olhando para a mulher. Ela é gorda e velha. O cabelo dela, meio grisalho, está penteado para trás e amarrado na nuca com um pedaço de lã. Vejo isso quando ela se vira e fica um longo tempo olhando para a porta fechada. Depois ela pergunta para a enfermeira:

— E o Lucas? Onde ele está?

A enfermeira responde:

— O Lucas não pôde vir, mas o Klaus está aqui. Cumprimente a sua mamãe, Klaus.

Eu digo:

— Oi, mamãe.

Ela pergunta:

— Por que você está sozinho? Por que o Lucas não está com você?

A enfermeira diz:

— O Lucas também vai vir daqui a algum tempo.

A Mãe fica olhando para mim. Lágrimas pesadas começam a brotar nos seus olhos azul-claros. Ela diz:

— Mentiras. Sempre mentiras.

Seu nariz está escorrendo. A enfermeira limpa. A Mãe deixa cair a cabeça sobre o peito, não fala mais nada, não olha mais para mim.

A enfermeira diz:

— Nós estamos cansadas. Vamos voltar para a cama. Quer dar um beijo na sua mamãe, Klaus?

Eu abano a cabeça, fico em pé.

A enfermeira diz:

— Você consegue chegar na recepção, né?

Não digo nada e saio da sala. Passo na frente de Antonia e Sarah sem dizer nada, saio do prédio, fico esperando em frente à porta. Antonia põe a mão no meu ombro e Sarah pega a minha mão, mas eu me solto e coloco as mãos nos bolsos. Andamos sem conversar até o ponto de ônibus.

À noite, antes de Antonia ir para o trabalho, eu digo a ela:

— A mulher que eu vi não é a minha mãe. Não vou mais lá. É você que tem que ir para se dar conta do que fez com ela.

Ela pergunta:

— Você nunca vai conseguir me perdoar, Klaus?
Não respondo. Ela continua:
— Se você soubesse o quanto eu te amo.
Eu digo:
— Não devia. Você não é a minha mãe. É a minha mãe que deveria me amar, mas ela só ama o Lucas. Por sua culpa.

O FRONT SE APROXIMA. A cidade é bombardeada noite e dia. Nós passamos bastante tempo no porão. Levamos colchões e cobertores lá para baixo. No início os nossos vizinhos vêm também, mas um dia eles desaparecem. Antonia diz que eles foram deportados.

Antonia não tem mais trabalho. O cabaré onde ela cantava não existe mais. A escola está fechada. É muito difícil conseguir comida, mesmo com os cartões de racionamento. Felizmente Antonia tem um amigo que vem às vezes e nos traz pão, leite em pó, biscoitos e chocolate. À noite o amigo fica na nossa casa porque não pode voltar para a dele por causa do toque de recolher. Nessas noites Sarah dorme comigo na cozinha. Eu a embalo, falo sobre o Lucas, que daqui a algum tempo nós vamos encontrá-lo, e nós adormecemos olhando as estrelas.

Uma manhã Antonia nos acorda cedo. Ela nos manda vestir roupas quentes, colocar várias camisas e blusões de lã, nossos casacos e vários pares de meias, porque nós vamos fazer uma viagem longa. Com o resto das nossas roupas, ela enche duas malas.

O amigo de Antonia vem nos buscar de carro. Colocamos a bagagem no porta-malas, Antonia senta na frente, Sarah e eu atrás.

O carro para quase em frente à minha antiga casa, na entrada de um cemitério. O amigo fica no carro, Antonia anda rápido, nos puxando, Sarah e eu, pela mão.

Paramos em frente a um túmulo com uma cruz de madeira onde está escrito o sobrenome do meu pai com um primeiro nome duplo, o meu e o do meu irmão: Klaus-Lucas T.

Sobre o túmulo, entre vários buquês murchos, há um buquê de cravos brancos quase fresco.

Eu digo para Antonia:

— A minha mãe tinha cravos plantados por todo o jardim. Eram as flores favoritas do meu pai.

Antonia diz:

— Eu sei. Se despeçam do pai de vocês, crianças.

Sarah diz, delicadamente:

— Tchau, Pai.

Eu digo:

— Ele não era pai da Sarah. Ele era só nosso pai, do Lucas e meu.

Antonia diz:

— Já expliquei isso. Você não entendeu? O azar é seu. Venham, não temos tempo a perder.

Voltamos para o carro, que nos leva para a Estação do Sul. Antonia agradece e se despede do amigo dela.

Entramos na fila em frente ao guichê. É só então que eu me atrevo a perguntar para Antonia:

— Para onde a gente vai?
Ela diz:
— Para a casa dos meus pais. Mas primeiro a gente vai parar na cidade de S. para buscar o seu irmão Lucas.
Eu seguro sua mão, dou um beijo nela.
— Obrigado, Antonia.
Ela recolhe a mão.
— Não me agradeça. Eu só tenho o nome da cidade e o nome da casa de reabilitação, não sei mais nada.
Quando Antonia paga as passagens, me dou conta de que eu não teria conseguido pagar a minha viagem para a cidade de S. com o dinheiro da casa.
A viagem é desconfortável. Tem muita gente, as pessoas estão fugindo do front. Nós três só temos um lugar para sentar; aquele que senta leva Sarah no colo, o outro fica de pé. Trocamos de lugar várias vezes durante a viagem que deveria durar cinco horas, mas que dura quase doze por causa dos alertas. O trem para em campo aberto, os passageiros desembarcam e vão deitar nos campos. Sempre que isso acontece, eu estendo o meu casaco no chão, coloco Sarah deitada sobre ele e me deito em cima dela para protegê-la das balas, dos estilhaços e dos projéteis.
Tarde da noite nós chegamos à cidade de S. Pegamos um quarto num hotel. Sarah e eu vamos imediatamente nos deitar na cama grande, Antonia desce de novo para o bar para pedir informações e só volta pela manhã.
Agora ela tem o endereço do centro onde Lucas deveria estar. Nós vamos até lá no dia seguinte.

É um edifício localizado num parque. Metade dele está destruído. Está vazio. Vemos algumas paredes enfumaçadas.

Faz três semanas que o centro foi bombardeado. Antonia faz algumas buscas. Ela se informa com as autoridades locais, tenta encontrar sobreviventes do centro. Consegue descobrir o endereço da diretora. Nós vamos até a casa dela.

Ela diz:

— Eu me lembro muito bem do pequeno Lucas. Era a pior criança da casa. Sempre incomodando, irritando todo mundo. Um menino realmente insuportável, incorrigível. Ninguém nunca veio vê-lo, ninguém se importava com ele. Se bem me lembro, teve algum drama familiar. Não tenho muito mais o que dizer.

Antonia insiste:

— Depois do bombardeio, chegou a vê-lo de novo?

A diretora diz:

— Eu também fui ferida naquele bombardeio, mas ninguém se importa comigo. Muitas pessoas vêm conversar comigo, me fazer perguntas a respeito do filho delas. Ninguém se importa comigo. No entanto, eu fiquei duas semanas no hospital depois daquele bombardeio. O choque, a senhora consegue entender? Eu era responsável por todas aquelas crianças.

Antonia pergunta de novo:

— Faça um esforço. O que a senhora lembra? Depois do bombardeio, chegou a ver o Lucas de novo? O que fizeram com as crianças que sobreviveram?

A diretora diz:
— Não vi o Lucas de novo. Eu estou dizendo, eu também fui atingida. As crianças foram mandadas de volta para casa, as que estavam vivas. As mortas foram enterradas no cemitério da cidade. As que não estavam mortas e nós não tínhamos o endereço foram mandadas para vários lugares. Para vilarejos, fazendas, cidades pequenas. Essas pessoas teriam que devolver a criança quando a guerra acabasse.

Antonia consulta a lista dos mortos da cidade.

Ela me diz:

— O Lucas não morreu. Nós vamos encontrá-lo.

EMBARCAMOS EM OUTRO TREM. Chegamos a uma pequena estação, andamos até o centro da cidade. Antonia carrega Sarah, dormindo, nos seus braços, e eu carrego as malas.

Na Praça Principal, nós paramos. Antonia toca a campainha, uma mulher velha abre a porta. Eu já conheço essa mulher. É a mãe de Antonia. Ela diz:

— Louvado seja Deus! Vocês estão sãos e salvos. Eu estava morrendo de medo. Não parei de rezar por vocês.

Ela segura meu rosto nas mãos.

— E você veio junto com elas?

Eu digo:

— Não tive escolha. Eu tenho que cuidar da Sarah.

— É claro, você tem que cuidar da Sarah.

Ela me aperta contra ela, me beija, depois segura Sarah nos braços.

— Como você está linda, como você está grande.
Sarah diz:
— Estou com sono. Eu quero ir dormir com o Klaus.

Nos colocam para dormir no mesmo quarto, o quarto onde Antonia dormia quando era criança.

Sarah chama os pais de Antonia de Avó e Avô, eu os chamo de tia Mathilda e tio Andréas. Tio Andréas é pastor, ele não está mobilizado por causa de uma doença. A cabeça dele fica tremendo o tempo todo, como se ele estivesse constantemente dizendo *não*.

Tio Andréas me leva para passear pelas ruas da cidade, às vezes até o cair da noite. Ele diz:

— Eu sempre quis ter um menino. Um menino teria entendido o meu amor por essa cidade. Ele teria entendido a beleza dessas ruas, dessas casas, desse céu. Sim, a beleza desse céu que não se encontra em nenhum outro lugar. Olhe. Não existe nome para as cores desse céu aqui.

Eu digo:
— É como num sonho.
— Um sonho, sim. Eu só tive uma filha. Ela foi embora cedo, muito nova. Ela voltou com uma menininha e com você. Você não é filho dela, não é meu neto, mas é o menino que eu esperava.

Eu digo:
— Mas eu vou ter que voltar para a minha mãe quando ela estiver curada e também vou ter que encontrar o meu irmão Lucas.

— Sim, claro. Eu espero que você encontre eles. Mas se você não conseguir encontrar, pode ficar para sempre aqui com a gente. Você vai poder estudar e escolher a profissão que preferir. O que você vai querer ser quando crescer?

— Eu vou querer casar com a Sarah.

O tio Andréas ri.

— Você não pode casar com a Sarah. Vocês são irmãos. O casamento entre vocês é impossível. É proibido por lei.

Eu digo:

— Então eu vou só morar com ela. Ninguém pode me proibir de continuar morando com ela.

— Você vai conhecer muitas outras moças com quem vai querer casar.

Eu digo:

— Acho que não.

EM POUCO TEMPO começa a ficar perigoso passar pelas ruas e à noite é proibido sair. O que fazer durante os alertas e os bombardeios? Durante o dia, dou aulas para Sarah. Eu a ensino a ler e escrever, coloco ela para fazer exercícios de cálculo. Tem muitos livros na casa, tem até os livros infantis e os livros escolares de Antonia no sótão.

O tio Andréas me ensina a jogar xadrez. Quando as mulheres vão para a cama, nós começamos uma partida e ficamos jogando até tarde da noite.

No início o tio Andréas ganha sempre. Quando ele começa a perder, ele perde também o gosto pelo jogo.

Ele me diz:

— Você é bom demais para mim, meu garoto. Não tenho mais vontade de jogar. Não tenho vontade de nada, todas as minhas vontades estão me deixando. Nem sonhos interessantes eu tenho mais, só tenho tido sonhos banais.

Tento ensinar Sarah a jogar xadrez, mas ela não gosta. Ela cansa, se irrita, ela prefere os jogos de tabuleiro mais simples, e acima de tudo que eu leia histórias para ela, qualquer história, até mesmo uma história que eu já li vinte vezes.

QUANDO A GUERRA SE AFASTA no outro país, Antonia diz:

— Nós podemos voltar para a capital, para a nossa casa.

A mãe dela diz:

— Vocês vão morrer de fome. Deixe a Sarah aqui mais um tempo. Ao menos até você encontrar trabalho e um lugar decente para morar.

O tio Andréas diz:

— Deixe o menino aqui em casa também. Tem boas escolas na nossa cidade. Quando encontrarmos o irmão dele, nós trazemos ele para cá também.

Eu digo:

— Eu tenho que voltar para a capital para descobrir que fim levou a minha mãe.

Sarah diz:

— Se o Klaus voltar para a capital, eu também volto.

Antonia diz:

— Eu vou sozinha. Assim que eu tiver encontrado um apartamento, venho buscar vocês.

Ela dá um beijo em Sarah, depois em mim. Ela diz no meu ouvido:

— Eu sei que você vai cuidar dela. Confio em você.

Antonia vai embora, nós ficamos na casa da tia Mathilda e do tio Andréas. Estamos limpos e bem alimentados, mas não podemos sair de casa por causa dos militares estrangeiros e da desordem que reina. A tia Mathilda tem medo que aconteça alguma coisa conosco.

Cada um de nós tem um quarto agora. Sarah dorme no quarto que tinha sido da mãe dela; eu durmo no quarto de hóspedes.

À noite arrasto uma cadeira para perto da janela e fico olhando a praça. Está quase vazia. Só alguns bêbados e alguns militares circulam por ali. Às vezes um menino mais novo que eu, pelo que me parece, um menino claudicante atravessa a praça. Ele toca uma melodia na sua gaita de boca, entra numa taberna, sai, entra numa outra. Por volta da meia-noite, quando todas as tabernas fecham, o menino se afasta para o lado oeste da cidade, sempre tocando sua gaita.

Uma noite eu mostro o menino da gaita para o tio Andréas.

— Por que ele não é proibido de sair assim tarde da noite?

O tio Andréas diz:

— Faz um ano que eu observo esse menino. Ele mora com a avó no outro lado da cidade. É uma mulher extremamente pobre. Provavelmente é órfão. Ele costuma tocar nas tabernas para ganhar algum dinheiro. As pessoas já se habituaram a vê-lo entre elas. Ninguém iria machucar esse menino. Ele está sob a proteção de toda a cidade e sob a proteção de Deus.

Eu digo:

— Ele deve ser feliz.

O tio diz:

— Com certeza.

Três meses depois Antonia vem nos buscar. A tia Mathilda e o tio Andréas não querem nos deixar partir.

A tia Mathilda diz:

— Deixe a pequena mais um pouco. Ela está feliz aqui e não falta nada para ela.

O tio Andréas diz:

— Deixe ao menos o menino. Agora que as coisas estão se ajeitando, daria para começar as buscas pelo irmão dele.

Antonia diz:

— Pode começar as buscas sem ele, pai. Eu vou levar os dois, o lugar deles é comigo.

Na capital agora nós temos um apartamento grande com quatro cômodos. Além dos quartos, tem uma sala de estar e um banheiro.

Na noite da nossa chegada, eu conto uma história para Sarah, fico fazendo carinho na cabeça dela até ela adormecer. Ouço Antonia e seu amigo conversando na sala de estar.

Calço minhas sapatilhas de ginástica, desço as escadas, corro por aquelas ruas conhecidas. As ruas, os becos, as vielas agora têm iluminação; não tem mais guerra, não tem mais blecautes, não tem mais toque de recolher.

Paro diante da minha casa, a luz está acesa na cozinha. A primeira coisa que penso é que estranhos foram morar ali. A luz também se acende na sala de estar. É verão, as janelas estão abertas. Vou chegando mais perto. Alguém fala, é uma voz masculina. Olho cautelosamente pela janela. A minha mãe, sentada numa poltrona, está ouvindo rádio.

Durante uma semana, diversas vezes por dia, vou observar minha mãe. Ela se dedica aos seus afazeres indo de um cômodo para o outro, ficando geralmente na cozinha. Ela também cuida do jardim, ela planta e rega as flores. À noite fica um bom tempo lendo no quarto dos pais, cuja janela dá para o pátio. A cada dois dias, uma enfermeira chega de bicicleta, fica cerca de vinte minutos, conversa com a Mãe, mede a pressão dela, às vezes aplica uma injeção.

Uma vez por dia, pela manhã, uma moça chega com uma cesta carregada e vai embora com a cesta vazia. Quanto a mim, eu continuo a fazer as compras para Antonia, embora ela seja perfeitamente capaz de fazer isso e tenha inclusive um amigo para ajudá-la.

A Mãe emagreceu. Não está mais com aquele ar de velha negligenciada de quando fui vê-la no hospital. Seu rosto recobrou a doçura de antigamente, o cabelo recuperou a cor e o brilho. Está preso num grande coque ruivo.

Uma manhã Sarah me pergunta:

— Onde você está indo, Klaus? Para onde você tanto vai? Mesmo de noite. Eu fui até o seu quarto ontem à noite, porque eu tinha tido um pesadelo. Você não estava lá e eu estava com muito medo.

— Por que você não vai para o quarto da Antonia quando está com medo?

— Eu não quero ir lá. Por causa do amigo dela. Ele dorme aqui em casa quase todas as noites. Onde você tanto vai, Klaus?

— Eu saio para passear, só isso. Passear pelas ruas.

Sarah diz:

— Você vai passear na frente da casa vazia, você vai chorar na frente da sua casa vazia, né? Por que você não me leva mais junto?

Eu digo a ela:

— A casa não está mais vazia, Sarah. A minha mãe voltou. Ela está morando na nossa casa de novo e eu também tenho que voltar para lá.

Sarah começa a chorar.

— Você vai morar com a sua mãe? Você não vai mais morar aqui com a gente? O que vai ser de mim sem você, Klaus?

Eu a beijo na testa.

— E eu? O que vai ser de mim sem você, Sarah?

Ficamos chorando abraçados, deitados no sofá da sala. Nosso abraço fica cada vez mais apertado, nós nos prendemos um ao outro pelos braços, pelas pernas. Lágrimas correm pelo nosso rosto, nosso cabelo, nosso pescoço, nossas orelhas. Somos sacudidos por soluços, por tremores, pelo frio.

Sinto minha calça molhar no meio das pernas.

— Mas o que é que vocês estão fazendo? O que está acontecendo aqui?

Antonia nos separa, nos empurra um para longe do outro, ela senta entre nós, me sacode pelos ombros.

— O que foi que você fez?

Eu grito:

— Eu não fiz nada de ruim para a Sarah.

Antonia pega Sarah nos braços.

— Santo Deus! Eu devia ter esperado por isso.

Sarah diz:

— Acho que eu fiz xixi na calcinha. — Ela enlaça o pescoço da mãe. — Mamãe, mamãe! O Klaus vai ir morar com a mãe dele.

Antonia gagueja:

— O quê? O quê?

Eu digo:

— Sim, Antonia, o meu dever é ir viver com ela.

Antonia grita:

— Não!
Depois ela diz:
— Sim, você tem que voltar para a casa da sua mãe.
Na manhã seguinte Antonia e Sarah me acompanham. Nós paramos na esquina da rua, da minha rua. Antonia me dá um beijo, me entrega uma chave.
— Essa aqui é a chave do apartamento. Pode continuar indo lá sempre que você quiser. Vou deixar o seu quarto como está.
Eu digo:
— Obrigado, Antonia. Eu vou ir ver vocês sempre que for possível.
Sarah não diz nada. Ela está pálida, com os olhos vermelhos. Ela fica olhando o céu. O céu azul sem nuvens de uma manhã de verão. Olho para Sarah, essa menininha de sete anos, meu primeiro amor. Não terei outro.

PARO EM FRENTE À CASA, do outro lado da rua. Largo minha mala, sento em cima dela. Vejo a moça chegar com a cesta, depois ir embora. Permaneço sentado, não tenho forças para levantar. Por volta do meio-dia começo a ficar com fome, tenho vertigem, tenho dor de estômago.
À tarde a enfermeira chega de bicicleta. Atravesso a rua correndo com a minha mala, agarro a enfermeira pelo braço antes que ela entre no jardim.
— Senhora, por favor, senhora. Eu estava à sua espera.
Ela pergunta:

— O que você tem? Está doente?
Eu digo:
— Não, eu estou com medo. Estou com medo de entrar na casa.
— Por que você quer entrar na casa?
— Aqui é a minha casa, da minha mãe. Eu estou com medo da minha mãe, não vejo ela faz sete anos.
Estou gaguejando e tremendo. A enfermeira diz:
— Fique calmo. Você deve ser o Klaus. Ou o Lucas?
— Eu sou o Klaus. O Lucas não está aqui. Não sei onde ele está. Ninguém sabe. É por isso que eu estou com medo de ver a minha mãe. Sozinho. Sem o Lucas.
Ela diz:
— Sim, eu entendo. Foi bom você ter me esperado. A sua mãe pensa que foi ela que matou o Lucas. Vamos entrar juntos. Venha atrás de mim.
A enfermeira toca, a minha mãe grita da cozinha:
— Entre. Está aberto.
Nós atravessamos a varanda, paramos na sala de estar. A enfermeira diz:
— Tenho uma grande surpresa para a senhora.
Minha mãe aparece na porta da cozinha. Ela seca as mãos no avental, olha para mim com os olhos arregalados, sussurra:
— Lucas?
A enfermeira diz:
— Não, é o Klaus. Mas o Lucas vai voltar também, com certeza.
A Mãe diz:
— Não, o Lucas não vai voltar. Eu matei ele. Eu matei o meu menininho, ele nunca mais vai voltar.

A Mãe senta numa das poltronas da sala, ela está tremendo. A enfermeira arregaça a manga do vestido da Mãe, aplica uma injeção. Ela não oferece resistência.
A enfermeira diz:
— O Lucas não morreu. Ele foi transferido para um centro de reabilitação, eu já falei para a senhora.
Eu digo:
— Sim, um centro na cidade de S. Eu fui atrás dele. O centro foi destruído pelos bombardeios, mas o Lucas não está na lista de mortos.
A Mãe pergunta baixinho:
— Você não está mentindo, Klaus?
— Não, Mãe, não estou mentindo.
A enfermeira diz:
— A senhora não matou ele, isso é certo.
A Mãe agora já se acalmou. Ela diz:
— Nós temos que ir até lá. Com quem você foi, Klaus?
— Com uma senhora do orfanato. Ela que me levou. Ela tinha família perto da cidade de S.
A Mãe diz:
— Orfanato? Mas me disseram que você tinha sido mandado para uma família. Uma família que cuidava muito bem de você. Você tem que me dar o endereço deles, eu vou até lá agradecer.
Eu volto a gaguejar:
— Eu não sei o endereço deles. Eu fiquei pouquinho tempo lá. Porque... Porque eles foram deportados. Depois eu fui para um orfanato. Nunca me faltou nada e todo mundo era bem legal comigo.
A enfermeira diz:

— Eu estou indo. Ainda tenho bastante coisa para fazer. Quer me acompanhar, Klaus?

Eu a acompanho até a frente da casa. Ela me pergunta:

— Onde você passou esses sete anos, Klaus?

Eu digo a ela:

— A senhora ouviu o que eu falei para a minha mãe.

Ela diz:

— Sim, eu ouvi. Só que não é verdade. Você mente muito mal, meu pequeno. Nós fizemos umas buscas nos orfanatos e você não estava em nenhum. E como é que você conseguiu encontrar a casa? Como é que você sabia que a sua mãe tinha voltado?

Eu fico calado. Ela diz:

— Pode guardar o seu segredo. Você certamente tem seus motivos. Mas não esqueça que eu cuido da sua mãe há anos. Quanto mais eu souber sobre ela, mais eu vou poder ajudar. Você surge de repente com a sua mala, eu tenho o direito de perguntar de onde você está vindo.

Eu digo:

— Não, a senhora não tem esse direito. Eu estou aqui, só isso. Me diga como eu tenho que agir com a minha mãe.

Ela diz:

— Aja como você achar que deve. Se for possível, seja paciente. Se ela tiver uma crise, você me telefona.

— Como é uma crise?

— Não tenha medo. Não vai ser pior do que hoje. Ela grita, treme, só isso. Tome, esse aqui é o número do meu telefone. Se surgir algum problema, você me liga.

A Mãe está dormindo numa das poltronas da sala. Pego minha mala e vou me instalar no quarto das crianças, no final do corredor. As duas camas continuam ali, camas de adulto que nossos pais tinham comprado um pouco antes da *coisa*. Ainda não encontrei uma palavra para definir o que aconteceu conosco. Eu poderia dizer drama, tragédia, catástrofe, mas na minha cabeça é simplesmente a *coisa*, para a qual não existe nenhuma palavra.

O quarto das crianças está limpo, as camas também. Dá para ver que a Mãe estava à nossa espera. Mas quem ela mais espera é o meu irmão Lucas.

Estamos comendo em silêncio na cozinha quando do nada a Mãe diz:

— Não me arrependo nem um pouquinho de ter matado o seu pai. Se eu conhecesse a mulher que fez ele querer deixar a gente, matava ela também. Se eu feri o Lucas, foi culpa dela, foi tudo culpa dela, não minha.

Eu digo:

— Mãe, não fique se torturando. O Lucas não morreu por causa do ferimento, ele vai voltar.

A Mãe pergunta:

— Mas como é que ele vai encontrar a casa?

Eu digo:

— Do mesmo jeito que eu. Se eu encontrei, ele também vai encontrar.

A Mãe diz:

— Tem razão. Nós não podemos ir embora daqui por nada no mundo. É aqui que ele vai vir procurar a gente.

A Mãe toma remédios para dormir, ela vai para a cama bem cedo. No correr da noite vou vê-la no quarto. Ela dorme de costas na beira da cama grande, o rosto voltado para a janela, deixando o lugar que era do marido vazio.

Eu durmo muito pouco. Fico olhando as estrelas e, assim como na casa de Antonia eu pensava todas as noites na minha família, aqui na nossa casa eu penso em Sarah e na sua família, nos avós dela na cidade de K.

Quando acordo, reencontro os galhos da nogueira em frente à minha janela. Vou para a cozinha, dou um beijo na Mãe. Ela sorri para mim. Tem café e chá. A moça traz pão fresco. Digo a ela que ela não precisa mais vir, que eu mesmo vou fazer as compras.

A Mãe diz:

— Não, Véronique. Continue vindo. O Klaus ainda é muito pequeno para ir fazer as compras.

Véronique ri.

— Nem tão pequeno assim. Mas ele não ia conseguir encontrar o que precisa nas lojas. Eu trabalho na cozinha do hospital, é lá que eu consigo encontrar o que trago para cá, entendeu, Klaus? No orfanato vocês eram bem mimados no que diz respeito à comida. Você não pode nem imaginar o que tem que fazer para encontrar alguma coisa para comer nessa cidade. Você ia passar todo o seu tempo fazendo fila na frente das lojas.

A Mãe e Véronique se divertem bastante juntas. Elas riem e se abraçam. Véronique narra suas aventuras amorosas. Umas historinhas bobas: *Aí ele disse isso, aí eu disse aquilo, aí ele tentou me beijar.*

Véronique ajuda a Mãe a pintar o cabelo. Elas usam um produto chamado hena, que devolve ao cabelo da Mãe a cor de antigamente. Véronique também cuida do rosto da Mãe. Aplica umas *máscaras* nela, usa uns pincéis pequenos, tubos e lápis para maquiá-la.

A Mãe diz:

— Eu quero estar com uma cara boa quando o Lucas voltar. Não quero que ele me ache desleixada, velha e feia. Você entende, Klaus?

Eu digo:

— Sim, Mãe, entendo. Mas você também ficaria bonita com o cabelo grisalho e sem maquiagem.

A Mãe me dá um tapa.

— Vá para o seu quarto, Klaus, ou então vá dar uma volta. Você está me irritando.

Ela continua, agora para Véronique:

— Por que é que eu não tive uma filha como você?

Eu saio dali. Passeio nas proximidades da casa onde Antonia e Sarah moram, passeio também pelo cemitério, em busca do túmulo do meu pai. Só estive aqui uma vez, com Antonia, e o cemitério é grande.

Volto para casa, tento ajudar a Mãe nos trabalhos de jardinagem, mas ela me diz:

— Vá brincar. Pegue o patinete ou o triciclo.

Fico olhando para a Mãe.

— Você ainda não percebeu que são brinquedos para crianças de quatro anos?

Ela diz:

— Tem os balanços também.

— Também não quero ficar me balançando.

Vou até a cozinha, pego uma faca e corto as cordas, as quatro cordas dos balanços.

A Mãe diz:

— Você podia ter deixado ao menos um dos assentos. O Lucas ia gostar. Você é um menino difícil, Klaus. E mau inclusive.

Eu subo para o quarto das crianças. Deitado na minha cama, escrevo poemas.

Às vezes, à noite, a Mãe nos chama:
— Lucas, Klaus, venham comer!
Eu entro na cozinha. A Mãe me olha e coloca de volta no aparador o terceiro prato, destinado a Lucas, ou então joga o prato na pia e ele quebra, claro, ou então ela serve o Lucas como se ele estivesse presente.

Às vezes também a Mãe vem até o quarto das crianças no meio da noite. Ela afofa o travesseiro do Lucas, conversa com ele:
— Durma bem. Sonhe com os anjos. Até amanhã.

Depois disso ela sai, mas às vezes também fica mais tempo ajoelhada ao lado da cama e adormece com a cabeça apoiada no travesseiro de Lucas.

Eu fico na minha cama sem me mexer, respiro o mais baixo possível e, quando acordo, na manhã seguinte, a Mãe não está mais ali. Coloco a mão no travesseiro da outra cama, ele ainda está úmido das lágrimas da Mãe.

Não importa o que eu faça, nunca está bom para a Mãe. Cai uma ervilha do meu prato, ela diz:
— Você nunca vai aprender a comer sem fazer sujeira. Olhe o Lucas, ele nunca suja a toalha.

Se eu passo o dia inteiro capinando o jardim e volto cheio de lama, ela me diz:
— Você se sujou como um porco. O Lucas teria feito isso sem se sujar.

Quando a Mãe recebe seu dinheiro, o pouco dinheiro que o Estado dá, ela vai até a cidade e volta com brinquedos caros, que ela esconde embaixo da cama de Lucas. Ela me avisa:
— Não toque neles! Esses brinquedos têm que estar novinhos em folha para quando o Lucas voltar.
Agora eu sei quais são os remédios que a Mãe toma. A enfermeira me explicou tudo.
Assim, quando ela não quer ou quando ela esquece de tomar os remédios, eu coloco no café, no chá, na sopa.

EM SETEMBRO eu volto para a escola. É a escola que eu frequentava antes da guerra. Eu deveria encontrar Sarah por lá. Ela não está lá.
Depois das aulas vou tocar na casa de Antonia. Ninguém atende. Abro a porta com a minha chave. Não tem ninguém. Vou até o quarto de Sarah. Abro as gavetas, os armários, nenhum caderno, nenhuma roupa.
Saio da casa, jogo a chave do apartamento na frente de um bonde que está passando, volto para a casa da minha mãe.
No final de setembro encontro Antonia no cemitério. Finalmente consegui encontrar o túmulo. Levo um buquê de cravos brancos, as flores favoritas do meu pai. Um outro buquê já foi colocado sobre o túmulo. Coloco o meu ao lado do outro.
Saída de não sei onde, Antonia me pergunta:
— Você foi até a nossa casa?

— Sim. O quarto da Sarah está vazio. Onde ela está?
Antonia diz:
— Na casa dos meus pais. Ela tem que esquecer você. Ela só pensava em você, queria o tempo todo ir encontrar você. Na casa da sua mãe, em qualquer lugar.
Eu digo:
— Eu também, eu fico o tempo todo pensando nela. Não posso viver sem ela, eu quero viver com ela, não importa onde nem como.
Antonia me abraça.
— Vocês são irmãos, Klaus, não esqueça. Vocês não podem se amar desse jeito. Eu nunca deveria ter levado você para a nossa casa.
Eu digo:
— Irmãos. Que importância isso tem? Ninguém iria saber. Nós temos sobrenomes diferentes.
— Não insista, Klaus, não insista. Esqueça a Sarah.
Não respondo nada, Antonia continua:
— Eu estou esperando um bebê. Eu casei de novo.
Eu digo:
— Você ama um outro homem, tem uma outra vida, então por que continua vindo aqui?
— Não sei. Talvez por sua causa. Você foi meu filho por sete anos.
Eu digo:
— Não, nunca. Eu só tenho uma mãe, aquela com quem eu vivo agora, aquela que você deixou louca. Por sua culpa eu perdi o meu pai, o meu irmão, e agora você também quer me tirar a minha irmãzinha.
Antonia diz:

— Acredite em mim, Klaus, eu me arrependo de tudo isso. Eu não queria isso. Eu não medi as consequências. Eu amei de verdade o seu pai.

Eu digo:

— Então você deveria entender o meu amor pela Sarah.

— É um amor impossível.

— O seu também era. Era só você ter ido embora e esquecido o meu pai antes que a *coisa* acontecesse. Não quero mais encontrar você por aqui, Antonia. Não quero mais encontrar você diante do túmulo do meu pai.

Antonia diz:

— Certo, eu não vou mais vir aqui. Mas eu nunca vou esquecer você, Klaus.

A Mãe tem pouquíssimo dinheiro. Ela recebe uma pequena quantia do Estado por invalidez. Eu sou um peso a mais para ela. Preciso encontrar um trabalho o quanto antes. É Véronique que me sugere entregar jornais.

Eu levanto às quatro da manhã, vou até a tipografia, pego meu fardo de jornais, percorro as ruas que me são designadas, deixo os jornais na frente das portas, nas caixas de correio, junto às portas metálicas das lojas.

Quando chego em casa, a Mãe ainda nem levantou. Ela só levanta por volta das nove. Preparo café e chá e vou para a escola, onde também almoço. Só volto para casa em torno das cinco da tarde.

Pouco a pouco, a enfermeira vai espaçando suas visitas. Ela me diz que a Mãe está curada, que ela só precisa continuar tomando calmantes e soníferos.

Véronique também vem cada vez menos. Só para contar para a Mãe da sua decepção com o casamento.

Aos quatorze anos de idade, eu deixo a escola. Começo uma formação em tipografia que me é oferecida pelo jornal do qual sou entregador há três anos. Trabalho das dez da noite às seis da manhã.

Gaspar, meu gerente, divide o jantar dele comigo. A Mãe nem pensa em preparar alguma coisa para eu comer no jantar, ela sequer pensa em encomendar carvão para o inverno. Ela não pensa em nada a não ser no Lucas.

Aos dezessete anos de idade, eu me torno tipógrafo. Ganho um bom dinheiro em comparação com outros empregos. Posso levar a Mãe num salão de beleza uma vez por mês para pintar o cabelo, fazer um permanente, dar um *retoque* no rosto e nas mãos. Ela não quer que Lucas a veja velha e feia.

A Mãe fica o tempo todo me criticando por ter abandonado a escola.

— O Lucas teria continuado os estudos. Ele teria se tornado médico. Um grande médico.

Quando começa a entrar água pelo telhado da nossa casa decadente, a Mãe diz:

— O Lucas teria se tornado arquiteto. Um grande arquiteto.

Quando mostro meus primeiros poemas para ela, a Mãe lê e diz:

— O Lucas teria se tornado escritor. Um grande escritor.

Não mostro mais os meus poemas, eu os escondo.

O BARULHO DAS MÁQUINAS me ajuda a escrever. Ele dá ritmo às minhas frases, desperta imagens na minha cabeça. Quando termino de compor as páginas do jornal tarde da noite, componho e imprimo meus próprios textos, que eu assino com o pseudônimo Klaus Lucas, em memória do meu irmão morto ou desaparecido.

O que nós imprimimos no jornal está em contradição total com a realidade. Todos os dias nós imprimimos cem vezes a frase *somos livres*, mas nas ruas nós vemos por toda parte soldados de um exército estrangeiro, todo mundo sabe que existem inúmeros presos políticos, viajar para fora do país é proibido, e mesmo internamente não podemos ir para a cidade que quisermos. Sei disso porque uma vez tentei encontrar Sarah na pequena cidade de K. Cheguei até a cidade vizinha, onde me prenderam e mandaram de volta para a capital, depois de uma noite de interrogatório.

Nós imprimimos cem vezes por dia *vivemos com abundância e felicidade* e primeiro penso que isso é verdade para os outros, que a Mãe e eu é que somos miseráveis e infelizes por causa da *coisa*, mas Gaspar me diz que nós não somos de nenhuma forma uma exceção, que ele mesmo, a esposa e os três filhos vivem mais miseravelmente do que nunca.

Além disso, quando chego em casa do trabalho de manhã bem cedo e cruzo com as pessoas que estão saindo para trabalhar, não vejo felicidade em lugar nenhum, muito menos abundância. Quando pergunto por que nós imprimimos tantas mentiras, Gaspar me responde:

— Acima de tudo, não faça perguntas. Faça o seu trabalho e não pense em mais nada.

Uma manhã Sarah está à minha espera em frente à tipografia. Passo na frente dela sem reconhecê-la. Só me viro quando ouço meu nome:

— Klaus!

Ficamos olhando um para o outro. Eu estou cansado, sujo, com a barba por fazer. Sarah está linda, disposta, elegante. Está com dezoito anos agora. É ela quem fala primeiro:

— Não vai me dar um beijo, Klaus?

Eu digo:

— Desculpa, não estou me sentindo lá muito limpo.

Ela me dá um beijo na bochecha. Eu pergunto:

— Como você descobriu que eu trabalhava aqui?

— Perguntando para a sua mãe.

— Para a minha mãe? Você esteve na nossa casa?

— Sim, ontem à noite. Assim que eu cheguei. Você já tinha saído.

Pego meu lenço, enxugo meu rosto coberto de suor.

— Você disse para ela quem você era?

— Eu disse que era uma amiga de infância. Ela me perguntou: *Do orfanato?* Eu disse: *Não, da escola.*

— E a Antonia? Ela sabe que você veio?

— Não, não sabe. Eu disse que estava indo fazer a minha matrícula na universidade.

— Às seis da manhã?

Sarah ri.

— Ela ainda está dormindo. E é verdade que eu vou até a universidade. Um pouco mais tarde. Temos tempo para tomar um café em algum lugar.

Eu digo:

— Estou com sono. E cansado. E tenho que preparar o café da manhã da Mãe.

Ela diz:

— Você não está parecendo muito feliz em me ver, Klaus.

— Mas que ideia, Sarah! Como estão os seus avós?

— Bem. Mas envelheceram um bocado. A minha mãe queria que eles também viessem para cá, mas o Avô não quer sair da cidadezinha dele. A gente vai poder se encontrar bastante, se você quiser.

— Em que faculdade você vai se inscrever?

— Eu queria estudar medicina. Agora que eu voltei, a gente vai poder se ver todos os dias, Klaus.

— Você deve ter um irmão ou uma irmã. Quando vi a Antonia pela última vez, ela estava grávida.

— Sim, eu tenho duas irmãs e um irmãozinho. Mas é sobre nós dois que eu queria conversar, Klaus.

Eu pergunto:

— Com que o seu padrasto trabalha para conseguir sustentar tanta gente?

— Ele é da direção do Partido. Mas você está mudando de assunto o tempo todo de propósito?

— Sim, estou mudando de assunto de propósito. Não faz nenhum sentido conversar sobre nós dois. Não tem nada para falar.

Sarah diz baixinho:

— Você esqueceu o quanto a gente se amava? Eu não esqueci você, Klaus.

— Eu também não. Mas não adianta nada a gente se ver de novo. Você ainda não entendeu?

— Sim. Acabei de entender.

Ela faz sinal para um táxi que está passando e vai embora.

Eu vou andando até o ponto de ônibus, espero dez minutos e pego o ônibus como todas as manhãs, um ônibus fedido e lotado.

Quando chego em casa, a Mãe já está de pé, contrariando seus hábitos. Está tomando seu café na cozinha. Ela sorri para mim.

— Como é linda a sua namorada, Sarah. Qual é o nome todo dela? Sarah do quê? Qual é o sobrenome dela?

Eu digo:

— Não sei, Mãe. Ela não é minha namorada. A gente não se via há anos. Ela está procurando os nossos antigos colegas de aula, só isso.

A Mãe diz:

— Só isso? Que pena. Já era hora de você ter uma namorada. Mas você deve ser muito desajeitado para as moças se interessarem por você. Principalmente uma moça dessas, de boa família. E com esse seu trabalho manual, além disso. Seria totalmente diferente com o Lucas. Sim, essa Sarah é exatamente a moça que combinaria com o Lucas.

Eu digo:

— Com certeza, mãe. Desculpa, eu estou morrendo de sono.

Eu me deito e antes de adormecer começo a conversar na minha cabeça com Lucas, como faço há muitos anos. O que digo para ele é mais ou menos a mesma coisa de sempre. Digo que, se ele estiver morto, ele é um sujeito de sorte, e que eu queria muito estar no lugar dele. Digo que ele ficou com a melhor parte, que sou eu que tenho que carregar o fardo mais pesado.

Digo que a vida é de uma inutilidade total, que ela é um absurdo, uma aberração, um sofrimento infinito, a invenção de um Não Deus cuja maldade está além da compreensão.

Não volto a ver Sarah. Às vezes tenho a impressão de reconhecê-la na rua, mas nunca é ela.

Passo uma vez na frente da casa onde Antonia morava antigamente, mas não tem nenhum sobrenome conhecido nas caixas de correio e de todo modo não sei qual é o novo sobrenome de Antonia.

Anos depois recebo um anúncio de casamento. Sarah vai casar com um cirurgião, o endereço das duas famílias indica o bairro mais rico, o mais elegante da cidade, chamado Colina das Rosas.

Terei diversas *namoradas*. Moças que vou conhecer nas tabernas dos arredores da tipografia, tabernas nas quais me habituei a dar uma passadinha antes e depois do trabalho. Essas moças são operárias ou garçonetes, raramente saio com elas mais de algumas vezes e não levo nenhuma delas para casa para apresentar para a Mãe.

Passo minhas tardes de domingo na casa do meu gerente, Gaspar, com a família dele. Nós ficamos jogando carta e tomando cerveja. Gaspar tem três filhos. A mais velha, Esther, joga com a gente, ela tem quase a minha idade e trabalha numa fábrica de tecelagem, ela é tecelã desde os treze anos. Os dois rapazes, um pouco mais novos, tipógrafos também, saem nas tardes de domingo. Eles vão a jogos de futebol, ao cinema, passeiam pela cidade. Anna, a esposa de Gaspar, tecelã como a filha, lava a louça, lava as roupas, prepara o jantar. Esther tem cabelo loiro, olhos azuis e um rosto que lembra o rosto de Sarah. Mas ela não é Sarah, não é minha irmã, não é minha vida.

Gaspar me diz:

— A minha filha está apaixonada por você. Case com ela. Eu autorizo. Você é o único que merece ela.

Eu digo:

— Eu não quero casar, Gaspar. Eu tenho que cuidar da minha mãe e esperar o Lucas.

Gaspar diz:

— Esperar o Lucas? Seu doido.

Ele continua:

— Se você não quer casar com a Esther, é melhor você não voltar mais aqui em casa.

Eu não volto mais na casa de Gaspar. De agora em diante passo todo o meu tempo livre em casa, sozinho com a Mãe, a não ser nas horas em que fico andando sem rumo pelo cemitério ou pela cidade.

AOS QUARENTA E CINCO ANOS DE IDADE, eu me torno gerente de uma outra tipografia, que pertence a uma editora. Não trabalho mais à noite, e sim das oito da manhã às seis da tarde, com duas horas de intervalo ao meio-dia. Minha saúde já está seriamente debilitada nessa época. Meus pulmões estão impregnados de chumbo, e meu sangue, mal oxigenado, está envenenado. O nome disso é saturnismo, a doença dos impressores, dos tipógrafos. Tenho cólicas e náuseas. O médico me manda beber bastante leite, tomar ar fresco sempre que possível. Não gosto de leite. Também sofro de insônia e, portanto, de uma profunda fadiga nervosa e física. Depois de trinta anos de trabalho noturno, é simplesmente impossível me acostumar a dormir à noite.

Na nova tipografia nós imprimimos todos os tipos de textos, poemas, prosa, romances. O diretor da editora vem com frequência verificar o andamento do trabalho. Um dia ele chega sacudindo na mão meus próprios poemas, que ele encontrou numa prateleira.

— E isso aqui? De quem são esses poemas? Quem é esse Klaus Lucas?

Começo a gaguejar, porque sei que não tenho permissão para imprimir textos pessoais:

— São meus. Esses poemas são meus. Eu imprimo depois do horário de trabalho.

— Você está querendo dizer que Klaus Lucas é você, o autor desses poemas?

— Sim, sou eu.

Ele pergunta:

— Quando você escreveu isso?

Eu digo:

— Nos últimos anos. E escrevi muitos outros antes, quando eu era jovem.

Ele diz:

— Traga tudo o que você tem. Passe no meu escritório amanhã de manhã com tudo o que você escreveu.

Na manhã seguinte entro no escritório do diretor com meus poemas. São várias centenas de páginas, umas mil, talvez.

O diretor avalia o peso do pacote.

— Tudo isso? Você nunca tentou publicar?

Eu digo:

— Nunca tinha pensado nisso. Eu escrevia para mim, para me manter ocupado, para me divertir.

O diretor ri.

— Para se divertir? Os seus poemas não são exatamente o que eu chamaria de divertidos. Ao menos não aqueles que eu li. Mas talvez você fosse mais alegre na juventude.

Eu digo:

— Na juventude com certeza não.

Ele diz:

— É verdade. Não tinha nada com que se alegrar naquela época. Mas desde a revolução bastante coisa mudou.

Eu digo:

— Não para mim. Para mim nada mudou.

Ele diz:

— Agora nós pelo menos podemos publicar os seus poemas.

Eu digo:

— Se o senhor acha isso, se o senhor acredita nisso, pode publicar. Mas eu peço encarecidamente para não fornecer o meu endereço nem o meu nome verdadeiro para ninguém.

O Lucas voltou e partiu de novo. Eu o mandei embora. Ele me deixou seu manuscrito inacabado. Eu estou terminando.

O homem da embaixada não me avisou que viria. Dois dias depois da visita do meu irmão, ele toca na minha casa às nove horas da noite. Felizmente a Mãe já está na cama. O homem tem cabelo ondulado, ele é magro e pálido. Eu o conduzo até meu escritório. Ele diz:

— Eu não falo bem a sua língua, não se ofenda se eu for grosseiro. Seu irmão, isto é, seu suposto irmão, Claus T., tirou a própria vida hoje. Ele se jogou na frente de um trem às catorze horas e quinze minutos na Estação do Leste, no momento em que nós íamos repatriá-lo para o país dele. Ele deixou na nossa embaixada uma carta para o senhor.

O homem me entrega um envelope onde está escrito: *À atenção de Klaus T.*

Abro o envelope. Em um cartão de correspondência, leio: *Gostaria de ser enterrado ao lado dos nossos pais.* Está assinado *Lucas.*

Entrego o cartão para o homem da embaixada.

— Ele quer ser enterrado aqui.

O homem lê o cartão e me pergunta:

— Por que ele assina Lucas? Ele era mesmo seu irmão? Eu digo:

— Não. Mas ele acreditava tanto nisso que eu não posso negar esse pedido.

O homem diz:

— Que estranho. Há dois dias, depois que ele visitou o senhor, nós perguntamos se ele tinha encontrado alguém da família. Ele respondeu que não.

Eu digo:

— E é verdade. Não tem nenhuma relação de parentesco entre nós.

O homem pergunta:

— E mesmo assim o senhor autoriza que ele seja enterrado com os seus pais?

Eu digo:

— Sim. Ao lado do meu pai. É o único morto da minha família.

NÓS VAMOS ATRÁS DO CARRO FÚNEBRE, o homem da embaixada e eu. Está nevando. Eu levo um buquê de cravos brancos e um outro buquê de cravos vermelhos. Comprei numa floricultura. No nosso jardim, mesmo no verão, não há mais cravos. A Mãe planta todos os tipos de flores, menos cravos.

Ao lado do túmulo do meu pai, um novo túmulo foi cavado. O caixão do meu irmão é baixado, a cruz que leva meu nome com uma ortografia diferente é plantada ali.

Eu volto ao cemitério todos os dias. Fico olhando a cruz onde está inscrito o nome de Claus e pensando que eu deveria mandar trocá-la por uma que levasse o nome de Lucas.

Fico pensando também que nós quatro logo estaremos juntos novamente. Quando a Mãe tiver morrido, já não vai me sobrar nenhum motivo para continuar.

É uma boa ideia o trem.

AMBASSADE DE FRANCE AU BRÉSIL
Liberté
Égalité
Fraternité

Cet ouvrage, publié dans le cadre du Programme d'Aide à la Publication année 2024 Carlos Drummond de Andrade de l'Ambassade de France au Brésil, bénéficie du soutien du Ministère de l'Europe et des Affaires étrangères.

Este livro, publicado no âmbito do Programa de Apoio à Publicação ano 2024 Carlos Drummond de Andrade da Embaixada da França no Brasil, contou com o apoio do Ministério francês da Europa e das Relações Exteriores.

© Éditions du Seuil, 1991
Título original: *Le troisième mensonge*

CONSELHO EDITORIAL
Eduardo Krause, Gustavo Faraon, Nicolle
Garcia Ortiz, Rodrigo Rosp e Samla Borges
PREPARAÇÃO
Antonio R. M. Silva e Samla Borges
REVISÃO
Evelyn Sartori e Rodrigo Rosp
CAPA E PROJETO GRÁFICO
Luísa Zardo

**DADOS INTERNACIONAIS DE
CATALOGAÇÃO NA PUBLICAÇÃO (CIP)**

K92t Kristóf, Ágota.
A terceira mentira / Ágota Kristóf ; trad. Diego
Grando. — Porto Alegre : Dublinense, 2024.
176 p. ; 19 cm.

ISBN: 978-65-5553-149-7

1. Literatura húngara. 2. Romance
húngaro. I. Grando, Diego. II. Título.

CDD 894.5113 • CDU 894.511-31

Catalogação na fonte:
Eunice Passos Flores Schwaste (CRB 10/2276)

Todos os direitos desta edição
reservados à Editora Dublinense Ltda.
Porto Alegre • RS
contato@dublinense.com.br

Descubra a sua próxima
leitura na nossa loja online

dublinense .COM.BR

Composto em MINION PRO e impresso na IPSIS,
em AVENA 70g/m² , na PRIMAVERA de 2024.